दक्षायणी

दक्षायणी

अरुणा मुकिम

वाणी प्रकाशन

वाणी प्रकाशन

4695, 21-ए, दरियागंज, नयी दिल्ली 110 002

शाखा

अशोक राजपथ, पटना 800 004

फ़ोन : +91 11 23273167 फ़ैक्स : +91 11 23275710

www.vaniprakashan.in
vaniprakashan@gmail.com
sales@vaniprakashan.in

DAKSHAYANI
by Aruna Mukim

ISBN : 978-93-87889-18-7
Novel

प्रथम संस्करण

मूल्य : ₹ 395

सिटी प्रेस, दिल्ली-110 095 में मुद्रित

वाणी प्रकाशन का लोगो मक़बूल फ़िदा हुसेन की कूची से

समर्पित

उस दोस्त को

जिसकी शिव ज्वाला ने

मेरी राहों को

रोशन किया।

दो शब्द

जब कुछ नहीं था संसार में, तब केवल शिव ही थे। और जब कुछ भी नहीं बचेगा संसार में, तब भी केवल शिव ही होंगे। वह समय से परे हैं, समयातीत, टाइमलेस। जब ब्रह्माण्ड में केवल शिव थे तब पार्वती उनके साथ थीं। (मिलन) फिर ब्रह्मा और विष्णु का जन्म हुआ। ब्रह्मा ने सृष्टि की परिकल्पना की और उसकी रचना के लिए शिव से शक्ति देने की प्रार्थना की। शक्ति अर्थात पार्वती। शिव को मालूम था कि अब उनके युगों तक वियोग में जाने का समय आ गया है। फिर भी सृष्टि की रचना तो करनी ही थी तो उन्होंने शक्ति ब्रह्मा को दे दी। (वियोग) ब्रह्मा ने सृष्टि का निर्माण किया और उसी में शक्ति का विलोप हो गया।

युगों बाद शक्ति ने प्रजापति दक्ष के यहाँ जन्म लिया, इसलिए 'दक्षायणी' कहलाई। दक्षायणी यानी सती। सती को सदा शिव दिखाई देते थे, जबकि उनके पिता शिव के चिर विरोधी थे। सती जब भी किसी मुसीबत में होती तो खुद-ब-खुद उनके मुँह से 'शिव' का नाम निकलता था। उन्हें हर वस्तु में शिव से सम्बन्धित चिह्न दिखलाई देते थे। उन्हें पता था कि उन्होंने जन्म ही शिव के लिए लिया है। शिव को भी पता था कि सती उन्हीं का हिस्सा है, लेकिन चूँकि सती ने मानव-रूप में जन्म लिया था तो मिलन अधिक देर तक नहीं सम्भव हो पाता इसलिए शिव उनसे दूर ही रहने का प्रयास करते।

पर सती तो आख़िर सती थीं, उन्होंने बहुत सारी कोशिशों के बाद शिव को मना ही लिया उनसे विवाह करने के लिए। शिव और सती का विवाह हो जाता है और जल्द ही सती को अपने पिता के यज्ञ में अपने प्राण त्यागने पड़ते हैं, यह कहानी तो सबको विदित है। (वियोग)

शिव फिर चिरन्तन वियोगावस्था में चले जाते हैं और फिर युगों के पश्चात् शक्ति पार्वती के रूप में जन्म लेती हैं। एक बार फिर पार्वती का मनुष्य की योनि में जन्म। पार्वती फिर उन्हें सोते-जागते देखती हैं। हर वस्तु में उन्हें शिव की उपस्थिति का अहसास होता है। शिव को उन्हें अपनाने से फिर गुरेज़ होता है। पार्वती का प्रयास जारी रहता है और वह 108 वर्षों तक तपस्या में लीन रहती हैं। थक-हार शिव तपस्या पूरी होने पर पार्वती को शक्ति के रूप में परिवर्तित करते हैं और फिर शिव और पार्वती का मिलन होता है। और आज दुनिया में शिव-पार्वती से उत्कृष्ट कोई उदाहरण नहीं है गृहस्थ जीवन का, सुखी दम्पती का।

मैं कहना यह चाहती हूँ कि दरअसल पहले मिलन फिर वियोग, फिर मिलन फिर वियोग और फिर मिलन। यही कहानी तो हमारी ज़िन्दगी है। सुख फिर दुख, फिर सुख, फिर दुख। यही तो चक्र है इस सृष्टि का। हम सब इसी का हिस्सा हैं, कोई इससे परे नहीं है। मिलन में भी विरह का अहसास, विरह में मिलन की कल्पना—सुख में दुख का अहसास, दर्द में सुख की कल्पना—यही हमारे जीवन को चलाती रहती है।

—अरुणा मुकिम

1

"सती, किन विचारों में खोयी हो?" शिव ने मेरी ओर देखते हुए पूछा। मैं अचकचाकर उनकी ओर देखने लगी। "मुझे लगता है महान प्रजापति दक्षराज की लाडली पुत्री को कैलाश का यह विराट सन्नाटा नहीं भा रहा है।"

उनके स्वर का परिहास मैं समझ गयी।

"आपने यह कैसे अनुमान लगा लिया कि मैं यहाँ प्रसन्न नहीं हूँ?" मैंने कृत्रिम क्रोध से पूछा।

"नहीं, मैंने यह यूँ ही कह दिया सती!"

"क्यों?" मैंने कुछ ऊँचे स्वर में पूछा।

"मुझे लगा शायद यहाँ का कठोर और नीरस जीवन तुम्हें अनुकूल न लगे," शिव ने मेरी ओर देखते हुए कहा।

मैं उनका नाटक समझ गयी। फिर भी मैंने पूछा, "क्या आप मेरे मनोभाव को समझने में असमर्थ हैं?" वह मेरी ओर देखने लगे। मैंने फिर कहा, "अभी भी मुझे आपके कथन का वास्तविक अर्थ स्पष्ट नहीं हुआ है। क्या मेरे किसी व्यवहार से या मेरे किसी कथन से आपको यह संकेत मिला है कि मैं यहाँ दुखी हूँ?"

शिव ज़ोर से हँसने लगे। जब मैं उनकी ओर देखने लगी तो वह बोले, "कभी -कभी मुझे लगता है कि सुख-सुविधाओं से वंचित जीवन कष्टकारी होता है।" वह कुछ क्षणों के लिए रुक गये। मैं उनके चेहरे को प्रेमपूर्वक निहारने लगी और अपने विचारों में कुछ क्षणों के लिए खो गयी। मैं फिर हड़बड़ा गयी जब उनका प्रेमपूर्ण स्वर मेरे कानों में पड़ा। "सत्य तो यह है सती कि सत्य को नकारा नहीं जा सकता। इसको अस्वीकार करने से केवल कष्ट मिलता है।"

"मुझे कुछ समझ में नहीं आ रहा है, स्वामी," मैंने कहा। वह मेरी ओर देखने लगे। "मुझे आपसे स्पष्टीकरण चाहिए।" मैंने अनुरोध किया।

"कैसा लग रहा है तुम्हें यह कैलाश प्रदेश, सती?" उन्होंने मुझे निहारते हुए पूछा।

"आपकी उपस्थिति हर स्थान को रमणीक बनाने में सक्षम है, स्वामी," मैंने पूरी भावुकता से उत्तर दिया।

उस पर जगत के स्वामी बोले, "यह मत भूलो सती कि यह भूखण्ड कितना उजाड़ और निर्जन है।" वह कुछ क्षणों के लिए रुक गये। मैं उनकी ओर देखने लगी। उन्होंने फिर कहा, "और यह भी मत भूलो कि यहाँ पर तुम्हारे संगी-साथी कौन हैं?"

"आप ही इसे स्पष्ट करें," मैंने गम्भीर स्वर में कहा।

"क्या तुम्हें मेरे गणों—भूत, पिशाच आदि से कुछ कष्ट नहीं होता?"

"नहीं!"

"क्यों?"

"अब इस क्यों का उत्तर मैं क्यों दूँ?"

"मुझे आश्चर्य हो रहा है, सती!"

"मैं समझी नहीं।"

"संसार के अन्य सब प्राणी मेरे गणों और मेरे इस रूप से भयभीत रहते हैं।" मैं हँसने लगी। इस पर ठिठककर वह मुझे देखने लगे। फिर उन्होंने पूछा, "अब मुझे यह बताओ कि तुम हँस क्यों रही हो?"

"बताने से क्या लाभ?" मैंने परिहास किया।

"क्यों? क्या मुझे इसका अधिकार नहीं है?"

तब मैंने उनकी ओर देखते हुए कहा, "अब आप मुझे यह बताने का कष्ट करें कि इस सारी सृष्टि में आपसे क्या छिपा हुआ है?"

उनकी आँखों में मेरे प्रति गहरे प्रेम का भाव स्पष्ट था। फिर भी वह बोले, "सती, रह-रहकर मेरे मन में एक शंका उठती है।"

"वह क्या है?" मैंने उनकी ओर देखते हुए पूछा।

वह कुछ सोच में पड़ गये। मेरा मन शंकाओं से घिर गया। बहुत देर चुप रहने के बाद वह बोले, "इस समय मैं केवल दक्षराज के बारे में सोच रहा हूँ।"

"ऐसी क्या बात है जो इस समय आपको उनका ध्यान दिला रही है?" मैंने शिव से पूछा।

चराचर के स्वामी उन क्षणों में बहुत प्रेममयी दृष्टि से मेरी ओर देखते हुए मन्द स्वर में कहने लगे, "हर पिता की अपनी सन्तान के प्रति कुछ अभिलाषाएँ होती हैं। वह अपनी क्षमता के अनुसार संसार की सुविधाएँ देना चाहता है। फिर

प्रजापति दक्ष तो सारे संसार के स्वामी हैं।'' वह कुछ क्षणों के लिए चुप हो गये। मैं भी चुप रही। अन्त में उस चुप्पी को तोड़ते हुए शिव बोले, ''अपनी सारी पुत्रियों में प्रजापति दक्ष ने तुमको ही सबसे अधिक प्रेम दिया। किसी-न-किसी रूप में तुम उनकी आज्ञा का पालन न कर सकीं। मुझे लगता है शायद वह भीतर से बहुत आहत अनुभव कर रहे हों।'' वह कुछ क्षणों के लिए फिर चुप हो गये। मुझे भी समझ में नहीं आ रहा था कि मैं क्या बोलूँ। कुछ क्षणों की चुप्पी के पश्चात् वह बोले, ''कितनी सुन्दर और कोमल थीं तुम। कितनी सुख-सुविधाओं के बीच हुआ था तुम्हारा लालन-पोषण। कहाँ मिलेंगे तुम्हें वह ऊँचे-ऊँचे भवन, वह सुन्दर और मूल्यवान वस्तुएँ। वह सुन्दर, स्वादिष्ट पकवान और वह बहुमूल्य वस्त्र एवं वो दास-दासियों की भीड़। यहाँ पर नहीं मिलेंगे तुम्हें वह सुन्दर उपवन और मनोरंजन के साधन।''

यह कहकर वह चुप हो गये। मैं सब कुछ समझ रही थी कि वह मेरी उपस्थिति से कितने प्रसन्न थे। उस लम्बी चुप्पी को तोड़ते हुए मैंने पूछा, ''अब मैं भी कुछ कहूँ?''

वह मेरी ओर देखते हुए बोले, ''सती, इस जगह और मेरे ऊपर अब तुम्हारा पूरा अधिकार है। यहाँ तुम मुझसे कुछ भी कह सकती हो। यही नहीं, यहाँ के सारे निवासी तुम्हारे अनुचर हैं। तुम्हें पूर्ण अधिकार है कि तुम किसी को कभी भी कोई आदेश दे सकती हो।''

उनकी बात सुनकर मेरा मन प्रमुदित हो गया। उन मधुर क्षणों में मैं यह भूल गयी थी कि अब मेरे जीवन में पूरा परिवर्तन आ चुका था। अपने पिता के यहाँ मेरा जीवन पूरी तरह स्वच्छन्द था। वहाँ मैं अपने माता-पिता की प्यारी बिटिया थी। पर यहाँ, अपने पति के घर में, मैं एक पत्नी का दायित्व निभा रही थी।

अपने कालजयी, वीतराग, समस्त जगत के स्वामी पति को पाकर अब और क्या पाना शेष रह गया था मेरे जीवन में। मेरे पिता के घर में मुझे जो कुछ भी प्राप्त था, वह कई अन्य के अधिकार में भी था। पर यहाँ पर तो सारे चराचर की स्वामिनी मैं बन गयी थी। मैंने अपना चिरन्तन प्रेम प्राप्त कर लिया था। मुझे पूरी तरह मालूम था कि मेरा जीवनसाथी सारे संसार, ब्रह्माण्ड को संचालित करने की क्षमता रखता था।

मुझे अच्छी तरह मालूम था कि मेरी बहनें, उनके पति, मेरी सहेलियाँ, नाते-रिश्तेदार, सगे-सम्बन्धी, यहाँ तक कि मेरे माता-पिता भी सम्भवतः यह न समझ सके थे कि शिव को पति के रूप में वरण करना सती का केवल लक्ष्य नहीं था, यह उसके जीवन की अनिवार्यता थी। यह उसके व्यापक प्रेम की एक

अनिवार्यता थी। क्या कोई अन्य समझ सकता था उस रहस्य को कि सती शिव के जीवन की नियती थी। उसका जीवन शिव से शुरू होकर शिव में ही समाहित होना था।

शिव के सामीप्य से मैं अभिभूत हो गयी थी। कौन कहता है कि केवल शिव वीतराग हैं। सती भी वीतराग है...थी। दोनों एक-दूसरे में समाहित हैं। इस मिलन के सारे संयोग और वियोग एक प्रकार की लीला हैं।

कैलाश की पूरी जीवन-प्रणाली ने मेरे मन के हर कोने को सींच दिया था। दूसरों को जो अभाव लगता था, मेरे लिए वह सरस और पूरी तरह परिपूर्ण था। यहाँ मुझे प्राप्त हुआ एक नैसर्गिक जीवन और एक ऐसी समीपता, जो जीवन का विस्तार करती है। जो सुख और शान्ति मुझे बर्फ़ की इन कन्दराओं में प्राप्त हुई, वह कहाँ थी उन ऊँचे-ऊँचे भवनों और वैभवपूर्ण जीवन-प्रणाली में। वहाँ रहते-रहते मुझे समझ में आ गया था कि क्यों मेरे पति वैभव के दाता होते हुए भी अपने को वैभव से दूर रखते थे।

बड़े-बड़े सन्त, महात्मा, ऋषि-मुनि, ज्ञानी, ध्यानी, योगी एवं देवता मेरे स्वामी शिव का दर्शन उनके लोक में आकर करते एवं अपने को कृतार्थ अनुभव करते थे। वह सब जब मुझे माता कहकर सम्बोधन करते तो मैं बहुत हर्ष का अनुभव करती थी।

शिव मुझे अनेक कथाएँ भी सुनाते और मुझे सृष्टि के अनेक रहस्यों से परिचित कराते थे।

"सती, मैं तुमसे कुछ पूछना चाहता हूँ।" एक दिन शिव ने मुझसे कहा।

मैंने उनकी ओर देखते हुए कहा, "आप कुछ भी कभी भी मुझसे पूछ सकते हैं। आपको आज्ञा लेने की कोई आवश्यकता नहीं।"

उनका चेहरा शान्त और गम्भीर था—उन क्षणों में। "प्रश्न करूँ?" उन्होंने पूछा।

"मुझे आपके प्रश्न की प्रतीक्षा है," मैंने कहा।

"क्या तुम मुझे सही उत्तर दोगी?"

"यह शंका क्यों?"

"बस मेरे मन में विचार आया।"

"आप मेरे बारे में क्या सोचते हैं?" मैंने थोड़े रुष्ट स्वर में पूछा।

"तुम मेरे बारे में क्या सोचती हो पहले यह बताओ?" उन्होंने ख़ुद प्रश्न कर दिया।

"आप मुझे अपनी वाक्पटुता से भ्रमित न करें," मैंने कुछ कटु स्वर में कहा। वह मेरी ओर देखने लगे।

"पहले प्रश्न मैंने किया है। आप मुझे पहले उत्तर दें।" वह हँसने लगे। मैंने उनकी ओर देखते हुए पूछा, "अब आप हँस क्यों रहे हैं? क्या मैंने कुछ अनुचित कहा है?"

मैं मन-ही-मन स्वामी की बातों का आनन्द ले रही थी और मुझे पूरा विश्वास था कि वह भी उस चर्चा से आनन्द प्राप्त कर रहे थे।

"सती!"

"अब क्या है?"

"तुम मेरा विचार अब नहीं जानना चाहती?"

"अब क्या कहना चाहते हैं आप?"

"तुम्हारे बारे में मैं क्या सोचता हूँ।" शिव ने कहा।

"अब आप मुझे बातों के भँवर में फँसाने की कुचेष्टा न करें," मैंने इठलाकर शिव से कहा।

"पत्नी के विपरीत कौन जा सकता है सती?" शिव ने कहा।

"ठीक है, फिर आप मुझे अपने मन का भाव स्पष्ट कर दें," मैंने कहा।

"तुम मेरी कल्पना से भी अधिक श्रेष्ठ हो सती," शिव गम्भीर स्वर में बोले। मैं भाव-विभोर उनकी ओर देखने लगी। "तुम्हारे आने से मुझे कोई हानि नहीं हुई।" वह फिर कुछ क्षणों के लिए रुक गये और कुछ सोचने लगे। एक लम्बे अन्तराल के पश्चात् वह फिर बोले, "सती! तुम्हारे मेरे जीवन में प्रवेश करने से मेरा तपस्वी रूप और निखर गया है," शिव ने मेरे माथे को स्पर्श करते हुए कहा।

इस पर मैं ज़ोर से हँस पड़ी; और शिव ने जब कुछ विस्मय के भाव से मेरी ओर देखा तो मैं बोल पड़ी, "और मेरे यहाँ तक पहुँचने के पहले आपने मुझे कितनी प्रतीक्षा करायी।" मैं कुछ क्षणों के लिए चुप हो गयी। वह मेरी ओर देखने लगे। मैंने फिर कहा, "इस सम्बन्ध को लेकर पहले तो आपके कुछ और विचार थे। आपमें इतना परिवर्तन कैसे आया?"

वह कुछ समय तक चुप रहे। फिर वह गम्भीर स्वर में बोले, "क्या तुम्हें नहीं मालूम कि सब कुछ काल के वशीभूत है?"

"अब आप कब से काल के अधीन हो गये," मैंने पूछा।

"सृष्टि के विधान का पालन अनिवार्य है, सती," शिव ने कहा और कुछ क्षणों के मौन के पश्चात् वह फिर बोले, "यह सही है कि सारे यम-नियमों और विधानों का जनक मैं ही हूँ, लेकिन सत्य यह है कि मैं भी उनसे बद्ध हूँ, और उनकी अवहेलना नहीं कर सकता। मुझे भी उनका पालन करना पड़ता है। मुझे उनकी श्रेष्ठता को स्वीकार करना पड़ता है।"

मैंने पूछा, "शिव, फिर क्या कारण था कि एक लम्बे समय तक आपने मेरे प्रेम को स्वीकार नहीं किया।" कुछ क्षणों तक रुकने के बाद मैं फिर बोली, "शायद तपस्वी, वीतराग शिव में संवेदना का अभाव था।"

वह हँसने लगे और फिर बोले, "अब तो सब कुछ ठीक हो गया ना। हर प्राणी का धर्म है कि वह विगत को भूलकर अपना सम्पूर्ण प्रयास वर्तमान में लगा दे। सती, मेरा तुमसे निवेदन है–अनुरोध है कि तुम भूतकाल की स्मृतियों में अपनी शक्ति और समय को नष्ट न करो।" वह कुछ क्षणों के लिए चुप हो गये और कुछ सोचने लगे। मैं भी शान्त और चुप रही और बिना पलक झपकाए उन्हें निहारती रही। अन्त में एक लम्बे मौन को भंग कर वह बोले, "सच तो यह है सती, हमारे सम्पूर्ण भविष्य की नींव हमारे वर्तमान पर निर्भर करती है।" इतना कहकर शिव फिर कुछ क्षणों के लिए रुक गये और फिर अत्यन्त कोमल एवं प्रेमपूर्ण स्वर में कहने लगे, "तुम्हारे प्रवेश मात्र से सम्पूर्ण कैलाश का वातावरण परिवर्तित हो गया है। यहाँ पर मुझे लगता है, इक नयी व्यवस्था का जन्म हुआ है। मुझे यह कहने में किंचित संकोच नहीं कि सती के आगमन से सम्पूर्ण कैलाश में एक नयी ऊर्जा का संचार हुआ। जो कुछ अभी तक यहाँ म्रियमाण था, अब वह पूरी तरह से क्रियमाण हो गया है। अभी तक जो शिव भावनाशून्य, ऊर्जारहित था, आज वह सती यानी मेरी आदि शक्ति के आने से पूर्णरूपेण शक्तिपुंज हो गया है।" वह एक बार फिर मौन हो गये। मैं उनकी ओर प्रेमपूर्ण दृष्टि से देखने लगी। उन दिव्य क्षणों में मेरे एवं शिव के बीच जो कुछ भी संचारित हो रहा था, वह समस्त चराचर को आलोड़ित करता-सा लग रहा था। उस दीर्घ मौन को तोड़ शिव फिर बोलने लगे, "सती, तुम मेरी चिर सहचरी थीं और हो भी। तुम्हारी उपस्थिति मात्र से सारा कैलाश और यहाँ उपस्थित समस्त जड़ और चेतन पदार्थ एक दिव्य आलोक से भर गये हैं।"

शिव के शब्दों ने मुझे प्रेम से ओत-प्रोत कर दिया। मैं मुग्ध और भाव-विभोर हो शिव से बोली, "स्वामी, क्या शक्ति शिव से कभी पृथक् की जा सकती है? इस सती का जीवन केवल आपके लिए है। आपका निरादर करने वाला कभी सती का अपना हो ही नहीं सकता।" मैं कुछ क्षण मौन रही। शिव मुझे उसी भाव से निहारते रहे। उन दिव्य क्षणों में मैं अपने भीतर एक अद्भुत, अनिर्वचनीय माधुर्य का अनुभव कर रही थी। "इस प्रेम ने मुझे शिष्टता प्रदान की है। जिस मुक्ति का अनुभव आज मैं कर रही हूँ, वह केवल शिव के सान्निध्य में ही सम्भव है," मैंने कोमल स्वर में अपने स्वामी से कहा।

कैलाश की जीवन-प्रणाली भिन्न प्रकार की होते हुए भी नीरस नहीं थी। प्रारम्भ

में तो मुझे कुछ कठिनाई का अनुभव हुआ था, लेकिन शीघ्र मुझे वह रस से सराबोर लगने लगी थी। शायद यह शिव की उपस्थिति का प्रभाव था। मूलतः कैलाश प्रदेश पूर्णतः आत्मीयता से भरा हुआ था। वहाँ का सौन्दर्य मानव-निर्मित नगरों के सौन्दर्य से कई गुना बड़ा था। वहाँ की प्रत्येक वस्तु और व्यक्ति में एक अर्थवत्ता निहित थी।

शिव के सारे गण एवं सेवक मुझे माता मानते थे। नन्दी तो मुझे किसी छोटे बालक की तरह परेशान करता रहता। कभी-कभी मैं उसे नक़ली क्रोध से डाँटती भी थी तो भी वह मेरे पीछे पड़ा रहता। शिव के अन्य गण भी मुझे कम नहीं सताते थे। वे कभी भी आ धमकते और खाने-पीने के लिए मुझसे कहते।

"माता, भूख लगी है, कुछ खाने को दो न!" नन्दी ने एक दिन मुझसे अनुरोध किया।

"मेरे पास इस समय कुछ भी नहीं है नन्दी," मैंने कृत्रिम क्रोध से कहा। फिर मैं बोलीं, "जब देखो तुम आ धमकते हो। तुम यह भी विचार नहीं करते कि माता विश्राम कर रही होगी।" मैं यह कहकर चुप हो गयी। नन्दी मुझे याचनापूर्ण दृष्टि से देखता रहा। मैं भीतर-ही-भीतर पिघल रही थी। फिर भी अपने स्वर की कठोरता मैंने बनाये रखी। मैं बोली, "और कहाँ से लाऊँ मैं तुम्हारे लिए इतना भोजन, नन्दी?" नन्दी कातर भाव से मेरी ओर देखता रहा। "तुम्हारा पेट कहाँ भरता है छोटी-मोटी सामग्री से। अब जाओ यहाँ से। आज मैं तुम्हारे लिए कुछ भी नहीं कर सकती। आज मेरे यहाँ सामग्री समाप्त हो गयी है।"

नन्दी नाटक करने लगा। शिव भी वहाँ उपस्थित थे, परन्तु वह कुछ बोले नहीं। "ठीक है माता जाता हूँ। यदि आपकी रसोई में नन्दी के लिए, पुत्र के लिए भोजन नहीं है तो और कहाँ मिलेगा मुझे भोजन! चलो, जैसी देवाधिदेव की इच्छा। प्रणाम!" नन्दी ने नाटकीय स्वर में कहा।

"क्या पुत्र भूखा जायेगा, सती! तुम दुखी न होगी क्या?" शिव ने कहा।

अब मुझसे न रहा गया। मैं बोली, "रुको, नन्दी! कहाँ जा रहे हो? अब यह नाटक बन्द करो।"

"नाटक! कैसा नाटक माते!" नन्दी ने पूछा।

"अब चुप भी रहो। यहाँ बैठ जाओ। मैं अभी लाती हूँ तुम्हारे लिए भोजन," मैंने कोमल स्वर में कहा।

"माता की जय हो," नन्दी बोला।

मैं नन्दी के लिए भोजन की व्यवस्था करने चली गयी। कुछ क्षण बाद जब मैं रसोईघर से बाहर आयी तो मुझे झटका-सा लगा। वहाँ पर नन्दी के संग शिव के दस और गण बैठे थे।

"यह क्या है?" मैंने कृत्रिम आक्रोश से देखते हुए पूछा।

इस पर शिव बोले, "मुझे क्या मालूम? इन्हीं से पूछो। मैंने थोड़ी बुलाया है इन्हें यहाँ।"

"मुझे तो यह नन्दी की योजना लगती है," मैंने कहा और फिर उनकी ओर देखते हुए पूछा, "तुम सब यहाँ क्यों आये हो इस समय?"

"माता, नन्दी क्यों आया है यहाँ?" एक लम्बे, काले-कलूटे शिवगण ने मुझसे पूछा।

"उसे भूख लगी है। मुझे उसे भोजन देना है।"

"माता! हमें भी बहुत भूख लगी है," एक दूसरा शिवगण अपनी भयानक आवाज़ में बोला।

"तुम सबको ज़रा भी लज्जा नहीं है।"

सब खों-खों कर हँसने लगे। "अपनी माता के सम्मुख कैसी लज्जा," एक नाटा-मोटा शिवगण बोला। मैंने उसकी ओर देखा। उसके नेत्रों में याचक का भाव था।

"माता! हमें भी भोजन प्रदान करो ना," वह बोला और आशा भरी दृष्टि से मेरी ओर देखने लगा। अन्य शिवगणों के नेत्र भी याचना से परिपूर्ण थे। मेरा हृदय द्रवित हो गया। "माता हमें भी भोजन दो," सारे शिवगण समवेत स्वर में बोले।

"ठीक है, ठीक है बाबा! मैं लाती हूँ सबके लिए भोजन। यहाँ चुपचाप बैठे रहो। किसी प्रकार का उत्पात न करना। नहीं तो भोजन से वंचित रह जाओगे।" मैं उनकी ओर देखने लगी। वह सब प्रसन्न लग रहे थे।

शिव का परिवार अब मेरा परिवार था। "मैं अभी व्यवस्था करती हूँ तुम सबके लिए भोजन की," मैंने कहा और उन सबकी ओर एक प्रेमपूर्ण दृष्टि डाली।

अपने आराध्य शिव और उनके गणों एवं नन्दी के चेहरे की मुस्कान ने मुझे अभिभूत कर दिया। उन सबकी प्रसन्नता से मैं भी प्रसन्न थी। अपने स्वामी के नयनों में जो प्रेमभाव मुझे उन क्षणों में दिखा, उसको मैं शब्दों में व्यक्त नहीं कर सकती। उन क्षणों में मैं केवल शिव की भार्या मात्र नहीं थी। मैं थी उनकी चिरन्तर प्रेमिका—आदि सहचरी। मैं शिव थी और शिव मैं थे। उनकी आँखों में इस गुप्त सम्बन्ध की स्वीकृति पूरी तरह से झलक रही थी। कैसा अद्भुत क्षण था। प्रेम की कितनी विराट भागीदारी थी हमारे मध्य। उस मिलन में नर और नारी ने एकातमकता प्राप्त कर ली थी। प्रेमी और प्रेमिका का सम्पूर्ण भेद समाप्त हो गया था और रह गयी थी केवल एकनिष्ठता। एक प्रकाण्ड चेतना। मैं सती-शिवमय हो गयी थी और आदिदेव शिव—सतीमय। उन क्षणों में मैं अपने

में लीन थी। मेरे अन्तरमन में एक विराट चेतना का विस्तार हो रहा था। कितने मादक थे वह क्षण।

"सती! क्या सोच रही हो?" शिव के कोमल स्वर ने मुझे अपनी आसपास की उपस्थिति का बोध कराया।

"बस यूँ ही मन भटक गया था," मैंने कहा।

"मन को नियन्त्रण में रखो, सती!" उनके मुखमण्डल पर परिहास का भाव स्पष्ट था।

"कैसे रोकूँ मन को भटकने से?" वह मेरी ओर देखने लगे, जैसे कि उन्हें कुछ समझ में नहीं आ रहा था। मैं समझ गयी थी उनका खेल। "यह सब आप ही के कारण तो हो रहा है," मैंने उलाहना देते हुए कहा।

"वह कैसे?" शिव ने पूछा।

"क्या आप नहीं जानते इसे?"

"नहीं! तुम बताओ न!" उनके स्वर में अनुरोध था।

"यह परिहास नहीं है क्या?" मैंने प्रश्न किया।

"मेरा उत्तर है नहीं।"

"मुझे तो यह कुछ और लगता है।"

"कैसे?"

"आप जानबूझकर मुझे सता रहे हैं," मैंने कहा।

"नहीं ऐसा नहीं है, सती! मेरा विश्वास करो।"

"आप ही का तो विश्वास कर रही हूँ।"

शिव गम्भीर हो गये। उन क्षणों में उनका चेहरा सूर्य की भाँति चमकने लगा था। मेरी ओर देखते हुए वह बोले, "अपने मूल रूप को मत भूलो सती! आने वाले युग में शिव और सती की प्रेमकथा सम्पूर्ण मानव जाति का मार्गदर्शन करेगी।"

सर्वशक्तिमान शिव के शब्दों ने मेरी सारी शंकाओं को तिरोहित कर दिया। हमारे मध्य की सम्पूर्ण दूरी मिट गयी थी। चारों ओर अब व्याप्त हो गया था एक शून्य...एक महाशून्य। और वह शून्य उत्पन्न हो रहा था शिव में। मैं समझ गयी कि वह महाशून्य मेरे आराध्य शिव ही थे। मैं मुग्ध भाव से सब कुछ देख रही थी। आश्चर्य। तभी मैंने देखा कि शिव के संग मैं भी वहाँ उपस्थित थी। शिव ने अपनी विशाल भुजाओं को फैलाकर मेरे सामने प्रस्तुत कर दिया। मैं तेज़ी से आगे बढ़कर उनमें समा गयी। सारे ब्रह्माण्ड में उस समय 'ऊँ नमः शिवाय' की ध्वनि गूँजने लगी।

शिव थे पूर्ण वीतराग। छल-कपट से पूरी तरह से मुक्त थे मेरे स्वामी, मेरे

मित्र और इन सबसे ऊपर मेरे पथ-प्रदर्शक। मेरे लिए उनके परे कुछ भी नहीं था। उनका सान्निध्य मेरे लिए किसी यज्ञ से कम नहीं था। उनमें अनेक यज्ञों का फल समाहित था। कैलाश में जो निर्मलता विद्यमान थी, वह दक्ष—मेरे पिता—के यहाँ नहीं थी।

परन्तु कभी-कभी ऐसे क्षण भी होते थे, जब मैं एकान्त में अपने अविवाहित जीवन के बारे में सोचने लगती। वैभव के बीच में घिरे रहने पर भी मैं भीतर-ही-भीतर अनेक प्रकार की पीड़ाओं से दग्ध, क्षुब्ध रहती थी। पिता के भवन की सारी सुख-सुविधाओं के बीच भी मैं एक प्रकार के उच्चाटन से ग्रस्त रहती। मुझे अपने चारों ओर का परिवेश नीरस एवं भावशून्य लगता था। यद्यपि मेरे माता-पिता, बहनें तथा अन्य सब रात-दिन मेरी सेवा में रत रहते थे। मेरी हर माँग को पूरा करते, फिर भी मुझे भीतर-ही-भीतर यह सब अर्थहीन लगता था। उन दिनों भी मैं केवल अपने आराध्य शिव के ही बारे में सोचती रहती थी। मुझे अच्छी तरह मालूम था कि मेरे पिता महान प्रजापति दक्ष शिव के परम विरोधी थे। मुझे यह भी मालूम था कि मेरे शिव के प्रति प्रेम को वह किसी प्रकार भी स्वीकार नहीं करेंगे। पर मैं अपने प्रेम के कारण विवश थी। मुझे पूरा विश्वास था कि शिव मेरे प्रेम से पूर्णतः परिचित थे। मैं यह भी जानती थी कि उनकी मेरे प्रति उदासीनता का भाव केवल उनकी लीला का ही अंग था, और समय आने पर वह स्वयं मुझे अपने संग ले जायेंगे। पिता के यहाँ बिताया गया जीवन मेरी चेतना का भाग है और मैं उसे चाहकर भी नहीं भूल सकती। सच तो यह है कि उन स्मृतियों की मिठास को भी मैं सँजोकर रखना चाहती हूँ। कुछ भी हो परन्तु सत्य तो यह है कि मेरे माता-पिता एवं मेरी बहनों ने भी मुझे प्रेम करने में कोई कृपणता नहीं दिखायी थी।

याद आते हैं मुझे वह भावुक क्षण। कैसी आत्मीयता से भरे रहते थे वह।

2

"सती, कब तक यूँ सोती रहोगी? उठो, हमें पूजा के लिए फूल चुनने जाना है। अब आलस्य मत करो।"

"थोड़ा और सोने दो, दीदी! तंग मत करो। चले जायेंगे ना फूल लेने। फूल कौन-सा भागे जा रहे हैं," मैंने कृत्रिम झुँझलाहट से कहा।

"उठती हो या मैं बल का प्रयोग करूँ," दीदी ने भी बनावटी कठोरता से कहा।

मैं उठकर बैठ गयी। "तुम बहुत निर्मम हो दीदी," मैंने शिकायत भरे स्वर में कहा।

"क्या कहा?...मैं निर्मम हूँ, कैसे?"

"आपने मुझे जगा दिया।"

"तो इससे मैं निर्मम कैसे हो गयी?" दीदी ने पूछा।

उनकी ओर एकटक देखते हुए मैं बोली, "मैं कितना मधुर स्वप्न देख रही थी। पर आपने..." मैंने अपनी बात बीच में छोड़ दी।

दीदी का स्वर गम्भीर हो गया। "सती!"

"हाँ, दीदी!"

"क्या तुम मेरा सम्मान करती हो? मुझसे प्रेम करती हो?"

"यह शंका आपके मन में कैसे उठी?"

"पहले मेरे प्रश्नों का उत्तर दो," वह बोलीं।

मैंने कहा, "मैं आपका बहुत सम्मान करती हूँ। आपसे प्रेम भी बहुत करती हूँ।" कुछ क्षण ठहरकर मैंने पूछा, "क्या आपको मेरे शब्दों में सन्देह है?"

"नहीं।"

"तो फिर," मैंने कहा।

उनके चहेरे पर एक मुस्कराहट आ गयी। "अच्छा, अब बताओ क्या स्वप्न देखा?" वह चेहरे के भावों को पढ़ने की चेष्टा कर रही थीं। "बताओ न सती?" उनका स्वर अधिकारपूर्ण था।

''मेरे लिए बताना सम्भव नहीं है।''

''क्यों?''

''आपको मालूम तो है।''

वह बोलीं। उनके स्वर में तीखापन था, ''अब समझी। तुम वही सब देख रही होगी।''

''क्या?'' मैंने हास्यपूर्ण स्वर में पूछा।

''अरे वही त्रिशूल और डमरू आदि।'' वह बोलीं।

''ठीक कहा!'' मैं संक्षिप्त स्वर में बोली।

''लेकिन तुम्हें इसके परिणाम मालूम हैं,''

''दीदी! यह मेरे बस में नहीं है,'' मैंने कहा।

''क्यों नहीं है?'' दीदी ने कुछ रुष्ट हो पूछा।

मैं बोली, ''प्रेम पर किसका बस है, मेरी प्यारी दीदी?''

''परन्तु प्रेम के वशीभूत क्या किसी को सम्बन्धों की गरिमा को नष्ट करने का अधिकार है?'' दीदी ने पूछा।

उनके प्रश्न से मैं लगभग निरुत्तर-सी हो गयी। मैं एक अजीब-सी ऊहापोह की स्थिति का सामना कर रही थी उन क्षणों में। मैं उत्तर दे सकती थी। पर मैंने चुप रहना ही ठीक समझा। वह मुझसे बहुत प्रेम करती थीं। किसी भी प्रकार मैं उनके सम्मान को ठेस नहीं पहुँचा सकती थी।

''अच्छा, अब तैयार हो जाओ और हम सबके संग नदी के तट पर स्थित उपवन में चलो। वहाँ की शुद्ध वायु और सुन्दर परिवेश नयी ऊर्जा का संचार करती है।''

''ठीक है। चलो,'' मैंने कहा।

हम पाँचों बहनें पहुँच गयी थीं उस उपवन में। चारों ओर पक्षियों के चहचहाने की आवाज़ और विभिन्न प्रकार के पुष्पों की सुगन्ध चारों ओर फैल रही थी और वातावरण को एक सरसता प्रदान कर रही थी।

''चलो सती! अब हम फूलों को चुनें,'' दीदी ने कहा।

हम सब बहनें पुष्प चुनने में व्यस्त हो गयीं।

हमारे चारों ओर का परिवेश अत्यन्त मोहक था। नदी की निर्मल स्वच्छ धारा में एक संगीत उत्पन्न हो रहा था। चारों ओर छायी हरियाली परिवेश के सौन्दर्य को कई गुना बढ़ा रही थी। हमारे राजसी वस्त्र हमारी स्वयं की सुन्दरता को अद्भुत गरिमा प्रदान कर रहे थे। हम सब बहनें भी बीच-बीच में अपने विचारों को व्यक्त कर रही थीं।

उस सुन्दर वातावरण में भी मैं कुछ अन्यमनस्क-सी थी।

"क्या बात है सती! तुम्हारा ध्यान कहीं ओर लगा है?" रोहिणी दीदी ने मुझसे पूछ लिया।

"नहीं, ऐसा कुछ भी नहीं है दीदी!"

"ठीक है मैं परिहास कर रही थी," वह बोलीं।

और तभी जब मैं जल के निर्मल प्रवाह में अपने बिम्ब को देखने का प्रयास कर रही थी, मुझे एक विचित्र-सा मोती दिखाई दिया। मैंने उसे उठा लिया। धारियों वाली, भूरे रंग की उस गोलाकार वस्तु ने मेरे ध्यान को पकड़ लिया था। मैं एकटक उसका निरीक्षण करने लगी। मैं उसे घुमाते हुए चारों ओर से देखती रही।

"सती! यह क्या है तुम्हारे हाथ में जिसे तुम इतने ध्यान से देख रही हो?" मेरी सबसे बड़ी दीदी ने पूछा।

"देखो दीदी! कितना सुन्दर लग रहा है यह भूरा मोती!" मैंने कहा।

"ज़रा मुझे भी तो दिखाओ इसे," दीदी ने कहा।

"है ना सुन्दर?" मैंने पूछा।

"सती! इसे तुरन्त नीचे जलधारा में प्रवाहित कर दो," दीदी ने किंचित कठोर स्वर में कहा।

"क्यों, दीदी? कितना सुन्दर है यह!"

"सती! तुम जितनी हठी हो, उतनी ही नासमझ भी हो," वह रुष्ट स्वर में बोलीं।

"दीदी!"

"बोलो!"

"मैं इसे छोड़ना नहीं चाहती।"

"तुम मेरी अवमावना कर रही हो, सती!"

"नहीं, ऐसा नहीं है।"

"फिर तुम मेरी आज्ञा का पालन क्यों नहीं कर रही हो, हठी कन्या?" उनका स्वर तेज़ था।

"आप मुझे हठी क्यों कह रही हैं?" मेरे स्वर में आक्रोश था।

"तुम पिताजी के प्रेम के कारण हठी हो गयी हो।" कुछ क्षण वह चुप रहीं और फिर ऊँचे स्वर में बोलीं, "जानती हो यह तुम्हारे हाथ में क्या है?"

मैंने कहा, "यह कुछ भी हो जब मैंने इसे अपना लिया है तो इसे त्यागना मेरा धर्म नहीं है।"

सारी बहनों ने मुझे डाँटना शुरू कर दिया था। पर मैं अपने हठ पर अड़ी रही। हारकर वह सब मुझे मनाने और फुसलाने में लग गयीं।

"सती! हठ छोड़ो और हमारी बात मान लो," रोहिणी दीदी ने अधिकारपूर्ण स्वर में कहा।

"हमारी छोटी बहन बहुत समझदार है," तारा दीदी ने कहा।

"चलो, इसे फेंको नीचे जलधारा में," भरुणी दीदी ने आदेश दिया।

"सती, मेरी बात ध्यान से सुनना," सुरभि दीदी ने मीठे स्वर में कहा। मैं उनकी ओर याचना भरी दृष्टि से देखने लगी। वह बोलीं, "क्या तुम अपने पिता प्रजापति दक्ष से प्रेम करती हो?"

"आपको क्यों सन्देह हो रहा है इस पर दीदी?" मैंने पूछा।

इसके पहले कि वह कुछ पूछतीं, अदिति दीदी ने कहा, "महान प्रजापति दक्ष का सम्मान लगता है अपनी पुत्री द्वारा ही क्षत-विक्षत होने वाला है। मुझे तो बड़ी चिन्ता हो रही है।"

"प्रजापति दक्ष का सम्मान किस प्रकार क्षत-विक्षत होगा दीदी?" मैंने अदिति दीदी से प्रश्न किया।

इस पर इडा दीदी बोल पड़ीं, "तुम्हें नहीं मालूम कि हमारे पिताश्री का शिव से कितना विरोध है?"

"जानती हूँ," मैंने कहा। "पर इसमें इस वस्तु का क्या दोष?"

इस पर रोहिणी दीदी बोलीं, "जानती हो तुम्हारे हाथ में क्या है?" वह कुछ क्षण चुप रहने के बाद बोलीं, "यह रुद्राक्ष है...शिव से इसका सीधा सम्बन्ध है। इसकी उत्पत्ति रुद्र के अश्रु से हुई है। बस मैं इतना ही जानती हूँ। पिताश्री इसे तुम्हारे हाथ में देखकर आहत हो जायेंगे।" वह कुछ क्षण चुप रहीं और फिर मनुहार करते हुए बोलीं, "अब इसका त्याग भी कर दे मेरी बहन! हम अपने जन्मदाता को कष्ट नहीं दे सकतीं।"

"उनकी इच्छा हमारे लिए सर्वोपरि है," भरुणी दीदी ने कहा।

मैं कुछ क्षणों तक चुप रही। मेरी सारी बहनें मुझे एकटक देख रही थीं। उनकी आँखों में याचना का जो भाव था, उसने मुझे पूरी तरह द्रवित कर दिया था। मैंने सोचा यह सब मुझसे आयु में बड़ी हैं। मैं इन्हें कभी भी निराश नहीं कर सकती। मैंने सोचा यदि यह वस्तु रुद्राक्ष है...तो मैं भी तो रुद्रप्रिया हूँ। मुझे मालूम था कि सती वास्तव में रुद्रप्रिया है। फिर भी मैंने यह उचित समझा उन क्षणों में कि मुझे उस रुद्राक्ष का त्याग कर देना चाहिए।

मैंने अपनी सारी बहनों की ओर देखते हुए कहा, "ठीक है। जैसी आप सबकी राय है, मैं इस वस्तु का त्याग करती हूँ।"

मैंने उस रुद्राक्ष को नदी के निर्मल जल में प्रवाहित कर दिया।

मेरी सारी बहनों के चेहरे हर्ष से चमकने लगे थे। पर मैं, सती...रुद्रप्रिया भीतर-ही-भीतर क्रन्दन कर रही थी।

"हे शिव—मेरे आराध्य, मेरे रुद्र! तुम अपनी इस रुद्रप्रिया को क्षमा करना। मैं अपने पिता के प्रति निष्ठा से बँधी हूँ। मैं आपसे क्षमा माँगती हूँ।"

सहसा मैंने अपने भीतर असीम शान्ति का अनुभव किया। मैं समझ गयी थी कि रुद्रप्रिया की प्रार्थना उसके स्वामी ने सुन ली थी।

3

मैंने रुद्राक्ष को प्रवाहित कर दिया था। अब और कुछ भी सम्भव नहीं था। आरम्भ में मैंने कुछ शान्ति का अनुभव किया था। पर वह कुछ ही क्षणों तक रही। जब मैं एकान्त कक्ष में गयी तो मैंने अपने भीतर एक निराशा का भाव अनुभव किया। वह शायद मेरा अपराध-बोध था। बार-बार मेरा मन मुझसे कहने लगा, "सती, यह तुमने क्या कर दिया?"

"क्या कर दिया मैंने, बताओ?" मैंने अपने से पूछा।

"तुमने दूसरों के कहने पर महादेव...शिव की भेंट को वापस कर दिया।" मेरा मन बोला।

"तुम ऐसा क्यों सोचते हो?" मैंने अपने मन से पूछा।

"क्या मैं ग़लत सोच रहा हूँ?"

"हाँ, तुम ग़लत सोच रहे हो," मैंने कहा।

"तो फिर सत्य क्या है?"

"यह ठीक है मेरी बहनों ने मुझसे उस रुद्राक्ष को प्रवाहित करने को कहा था।"

"फिर!"

"लेकिन अन्तिम निर्णय मेरा अपना था।"

"किसी भ्रम में न पड़ो, सती!"

"मैं भ्रमित नहीं हूँ।"

"नहीं, तुम हो।"

"नहीं हूँ।"

मेरा मन बोला, "अच्छा ठीक है। मैं तुम्हारी बात को मान लेता हूँ।" कुछ क्षणों तक एक चुप्पी रही। "लेकिन अब तुम इतनी उद्विग्न और दुखी क्यों लग रही हो?"

"मैं किसी उलझन और विवाद से अपने को पूरी तरह मुक्त रखना चाहती हूँ।"

"यह सम्भव नहीं है," मेरा मन बोला।

"क्यों?"

"इस 'क्यों' का उत्तर तुम्हें स्वयं तलाशना होगा।"

"मुझे घुमा-फिराकर बात करना अच्छा नहीं लगता," मैंने कुछ आक्रोश से कहा।

"तुम इस व्यथा से मुक्त नहीं हो सकती।"

"तुम्हारे पास इसका क्या प्रमाण है?"

"मैं तुम्हारे मन को पूरी तरह समझता हूँ।"

"मैं विवश थी।"

"विवशता मनुष्य का भ्रम होता है।"

"तुम नहीं समझोगे मेरे मन की त्रासदी।"

"मैं समझ लूँगा," उसने मुझे आश्वस्त किया।

"मेरे पास कोई विकल्प नहीं था," मैं बोली।

"क्यों नहीं था? मैं तुम्हारे उत्तर से सन्तुष्ट नहीं हूँ।"

"अब क्या शंका है तुम्हें?" मैंने कुछ कटु और उग्र स्वर से पूछा।

"बात कुछ और है।"

"कुछ और है?"

"हाँ।"

"कैसे सिद्ध करोगे तुम इसे?" मैंने पूछा।

"मुझे कुछ भी सिद्ध करने की आवश्यकता नहीं है।"

"क्यों नहीं है?" मेरा स्वर तिक्त हो गया था।

"अपने भीतर किसी प्रकार का अवरोध मत उत्पन्न होने दो, सती!" कुछ देर कोई आवाज़ नहीं आयी। "मैं तुमसे अलग नहीं हूँ, सती! तुम्हारे भीतर की ग्लानि एवं दुख से मैं भी दुखी हूँ।" फिर कुछ क्षणों की चुप्पी। "मुझे इसका कारण भी मालूम है।"

"क्या कारण है?" मैंने पूछा।

"तुम सामाजिक बन्धनों से मुक्त होना चाहती हो। तुम्हें पूरी तरह यह स्पष्ट है कि प्रेम को आदर्शों की वेदी पर चढ़ाने का कितना भयानक परिणाम होता है!"

मैं कुछ क्षणों तक कुछ नहीं बोली। केवल अपने विचारों में खोयी रही। फिर एक लम्बे अन्तराल के बाद बोली, "जब तक कन्या अविवाहित रहती है, तब तक वह अपने माता-पिता की अवज्ञा किसी प्रकार नहीं कर सकती है।" समझे।

"समझ गया। पर तुम नहीं समझीं शायद।"

"मैं क्या नहीं समझी?" मैंने कुछ रुष्ट स्वर में प्रश्न किया।

"तुम यह नहीं समझीं, सती कि प्रेम की अवहेलना किसी भी स्तर या स्थिति

में कितना कष्ट तुम्हें दे सकती है।''

''पर प्रेम के लिए मैं अपने दायित्व का त्याग तो नहीं कर सकती।''

''यह तो ठीक है।''

''फिर?''

''वर्जनाओं के मध्य कष्ट तो होगा ही ना।''

''किसी भी रूप में अपने शिव का अपमान नहीं कर सकती। प्रेमी और समाज के मध्य फँसी प्रेमिका कितनी विवश होती है, मुझे ज्ञात है।''

''सती!''

''बोलो!''

''तुम जानती हो कि मेरी दृष्टि में तुम क्या हो?''

''नहीं जानती। तुम बताओ।''

''उत्सुक हो?''

''बहुत उत्सुक हूँ।''

''मुझे आनन्द मिल रहा है, सती!''

''मेरा कष्ट देखकर क्या?''

''कदापि नहीं।''

''फिर ये सब क्या है?''

''समझने का प्रयास करो।''

''मुझे पहेलियाँ मत बुझाओ,'' मैंने कहा।

''सती!''

''अब क्या है?''

''तुम परेशान दिख रही हो।''

''ठीक पहचाना,'' मैंने कुछ रुककर कहा। मैं कुछ देर चुप रही। फिर मैंने बहुत मन्द स्वर में कहा, ''तुम मुझे कुछ बताने वाले थे।''

''ठीक है। ध्यानपूर्वक सुनना। सबके समक्ष तुम प्रजापति दक्ष की बेटी सती हो सकती हो पर मेरी नज़र में नहीं।''

''ऐसा क्यों?'' मैंने पूछा।

''मेरी नज़र में तुम कुछ और हो।''

''क्या हूँ मैं तुम्हारी दृष्टि में?'' मैंने गम्भीर स्वर में पूछा।

''सती!''

''क्या है?'' मैंने पूछा।

''मैं तुम्हें कुछ बताना चाहता हूँ।''

''तुम मुझे बहुत परेशान कर रहे हो।'' मैंने कहा।

''सती, रुष्ट मत होओ।''

''क्यों न होऊँ?'' कुछ क्षणों तक मैं सोचती रही और फिर ऊँचे स्वर में बोली, ''आज मैं तुम्हारा परिचय प्राप्त करके रहूँगी।''

''ठीक है। मैं तैयार हूँ।''

''मेरी जिज्ञासा मुझे परेशान कर रही है,'' मैंने कहा।

उसने उत्तर दिया, ''सती, मैं हमेशा तुम्हारे संग रहता हूँ।''

''हमेशा मेरे संग रहते हो! क्या तुम अपने इस कथन को स्पष्ट करोगे?''

''अवश्य करूँगा।''

''करो।''

''मैं तुम्हारा वास्तविक रूप हूँ।''

''वह कैसे?''

''हर व्यक्ति का एक भीतरी...आन्तरिक जगत होता है।''

''क्या तुम मेरे आन्तरकि जगत हो?''

''यह सही है।''

''फिर आज तक मुझे तुम्हारी उपस्थिति का बोध क्यों नहीं हुआ?''

''तुम अपने बाहरी जीवन और क्रियाकलापों में इतना व्यस्त रहीं कि तुम्हें मुझे समझने का अवसर ही नहीं मिला।''

''लेकिन अब मैं शायद समझ सकती हूँ,'' मैंने कहा।

''ठीक है। मैं स्पष्ट करता हूँ।'' वह चुप हो गया। मैं भी कुछ सोचने लगी। उसने फिर कहना शुरू किया, ''तुम्हारे बाह्य जगत और आन्तरिक जगत के भीतर एक द्वन्द्व-सा चल रहा है, इन वर्तमान क्षणों में। यह युद्ध है दायित्व और प्रेम के बीच में। आने वाले समय में तुम्हें एक विकल्प को चुनना ही पड़ेगा। प्रेम और पारिवारिक दायित्व के मध्य का संघर्ष बहुत कठिन स्थिति उत्पन्न कर देता है मानव में।''

''मैं भी तुमसे कुछ पूछना चाहती हूँ। उत्तर दोगे?''

मेरा मन बोला, ''सती, मैं ही तुम्हारा सत्य रूप हूँ। तुमसे थोड़ी छुपा है। पूछो, क्या पूछना चाहती हो?''

''मैं सिर्फ़ एक प्रश्न करना चाहती हूँ,'' मैंने कहा।

''पूछो?''

''मेरे व्यक्तित्व की विभक्ति कब समाप्त होगी?'' मैंने पूछा।

''शीघ्र।''

''तुम किस तरह इतने विश्वास से यह सब कह रहे हो?''

"मैं कुछ नहीं कह रहा हूँ, सती!"

"तो यह सब कौन कह रहा है?"

उसने कहा, "सन्देह से ऊपर उठकर अपने ध्यान को केन्द्रित करो तो सब समझ जाओगी।" कुछ क्षणों तक मौन व्याप्त रहा। और एक बार फिर से वह कहने लगा, "मैं तुम्हारी चेतना का गूढ़तम रहस्य हूँ, सती!"

"क्या है इसका मूल रूप?"

"यह तुम्हारे विद्रोह का दबा हुआ स्वर है।"

"मैं समझी नहीं।"

"तुम्हें इस चेतना के प्रति पूर्णरूपेण सजग...चैतन्य होना होगा, सती! इस सूक्ष्म तत्त्व को समझने का प्रयास करो।"

मैं बोल पड़ी, "कैसे इस भयानक झंझावात से मैं बाहर निकल सकती हूँ।" मैं कुछ क्षणों के लिए चुप हो गयी। लेकिन उन सबके मध्य मैं निरन्तर अनुभव कर रही थी उस सूक्ष्म मन की उपस्थिति जो मुझे बार-बार अपनी ओर खींच रहा था। "तुम्हें मुझे मेरा मार्ग दिखाना ही पड़ेगा। इस ऊहापोह की अवस्था से मैं विचलित हो गयी हूँ। कभी-कभी मुझे लगता है कि मैं इस तनाव से टूट जाऊँगी। रोज़-रोज़ घटित होने वाले इस विखण्डन से मैं भीतर-ही-भीतर टूट रही हूँ। कभी-कभी कुछ क्षणों में मुझे लगता है कि मेरे पिता की हठधर्मिता मेरे जीवन का अन्त कर देगी।" कुछ देर तक मैं कुछ भी बोलने में असमर्थ रही; और फिर मैं मन्द स्वर में बोली, "प्रेम और निष्ठा के मध्य फँसे जीवन के सामने केवल अन्धकार-ही-अन्धकार नज़र आता है।" मेरी आँखों में आँसू आ गये थे।

मेरी यह जड़ स्थिति अधिक समय तक न रह सकी। कोई मुझसे कह रहा था, "सती अब समय आ गया है कि तुम्हें अपने सारे संकोच को त्यागना पड़ेगा। एक बात कभी मत भूलना कि सच्चा प्रेम जीवन की सबसे बड़ी उपलब्धि है। सती, इस तत्त्व को कभी न भूलना कि प्रेम ही सम्पूर्ण चराचर को गति प्रदान करता है। एक प्रेमविहीन जीवन नीरस और विखण्डित करने वाला होता है।"

"मुझे इन क्षणों में लगता है कि मैं एक अन्धकार में घिरती जा रही हूँ।"

"तुम्हें इससे बाहर आना होगा सती! तुम्हारे पास कोई विकल्प नहीं बचा है अब," मन ने कहा।

"कहना आसान है पर करना कठिन है।"

"यह सरल हो जायेगा, यदि तुम अपने मूल रूप को समझ लो और उसे पूरी तरह स्वीकार कर लो।"

"क्या यह आसान होगा?"

"नहीं।"

"फिर।"

"कौन हो तुम? क्यों आयी हो...क्यों अवतरित हुई हो तुम इस जड़, संवेदनहीन नश्वर संसार में सती? किसकी प्रिया हो तुम?"

"हे मन! क्या तुम मेरे गुरु बनोगे?"

"तुम्हें इस धुन्ध को छाँटना पड़ेगा।"

"कैसे?"

"मैं अब तुमसे एक प्रश्न करना चाहता हूँ?"

"करो।"

"संसार के सारे सम्बन्धों को स्वीकार करते हुए, उनकी महत्ता को ध्यान में रखते हुए, तुम अपने शाश्वत प्रेम की गरिमा को अनदेखा नहीं कर सकतीं, सती ...कौन हो तुम सती...? आदि शक्ति या देवी सर्वभूतेषु, शक्ति रूपेण संस्थिता। न तुम्हारा आदि है, न तुम्हारा अन्त। और अब तुम्हारा प्रथम दायित्व है कि सम्बन्धों के परे जाकर उस शाश्वत तत्त्व से मिलो जिसकी गति से यह सम्पूर्ण ब्रह्माण्ड संचालित होता है। सती एक क्षण के लिए भी यह मत भूलो कि तुम रुद्रप्रिया हो। यह भी मत भूलना पराशक्ति कि तुम्हारे बिना शिव केवल शव मात्र हैं। नटराज शिव के थिरकते पैरों की थाप, उनकी लास्यमुद्रा, उनका सौन्दर्य एवं उनकी समस्त प्रवृत्तियाँ तुम्हारे बिना अधूरी हैं। यही नहीं उनके डमरू की गूँजती ध्वनि, यहाँ तक कि उनके त्रिशूल की संहारक शक्ति भी तुम्हारे द्वारा ही गतिमान होती है।"

मैं बीच में टोककर बोली, "अब चुप भी रहो। सब तो नहीं समझेंगे इस चराचर में व्याप्त सूक्ष्मतम रहस्य को। कौन देख सकेगा इस विराटता को अपनी स्थूल आँखों से। एक बात और है।"

"क्या?"

"तुम्हें मालूम है।"

"मुझे बताओ।"

"जब समय आयेगा तो सारे बन्धन स्वयं समाप्त हो जायेंगे," मैं बोली।

"संसार से किसी प्रकार की अपेक्षा करना कष्ट को न्योता देना ही होता है। यहाँ के सारे सम्बन्ध सीमित होते हैं। इन सबके मूल में निहित होता है केवल अहंकार और स्वार्थपरकता।"

"मेरे पिता प्रजापति दक्ष की योग्यता सन्तान के प्रति प्रेम को सन्देह की दृष्टि से नहीं देखा जा सकता है।"

मन बोला, "तुम ठीक कहती हो सती, फिर भी मैं यह कहूँगा कि प्रजापति

के क्रिया-कलाप उनके कार्यों पर प्रश्नचिह्न लगाते से दिखते हैं। और उनके सामने कभी भूलकर भी तुम शिव के प्रति अपना अनुराग मत प्रकट होने देना।''

''क्यों?'' मैंने किंचित हँस के पूछा।

''तुम्हें नहीं मालूम?''

''नहीं।''

''विश्वास नहीं होता।''

''विश्वास करो। शायद उनके प्रति अपने प्रेम के कारण मैं उनके दोषों को नहीं देख पाती।'' मैंने कहा।

मेरा मन बोला, ''मेरे भीतर उत्पन्न होने वाले भाव और विचार भी तुम्हारे ही हैं, सती!''

''ठीक कह रहे हो,'' मैंने कहा। वह कुछ सोचने लगा। फिर एक छोटे-से अन्तराल के बाद मैंने स्पष्ट किया, ''वह मुझे सबसे अधिक प्रेम करते हैं और मैं किसी भी हाल में उनको किसी प्रकार का कष्ट देकर पाप का भागी नहीं बनना चाहती हूँ।''

इस पर मेरा मन कहने लगा, ''मेरी बात को याद रखना सती कि यह स्थिति तो तुम्हें किसी-न-किसी दिन बदलनी ही पड़ेगी। किसी भी हाल में तुम अपने अराध्य शिव को पीड़ा नहीं पहुँचा सकती हो रुद्रप्रिया। आने वाले युगों में सती की कथा मानव जाति को प्रेरित करती रहेगी। यह शिव की ही लीला है कहलाएगी। मुझे न जाने क्यों लग रहा है कि स्वयं प्रजापति दक्ष को भी शिव की महत्ता को स्वीकार करने की आवश्यकता पड़ जायेगी।''

मैं बोली, ''अभी तो यह सम्भव नहीं जान पड़ता है। लेकिन भविष्य के गर्भ में क्या छिपा है, यह कौन बता सकता है! मेरे यह क्षण बहुत कष्टकारी हैं। इस समय मेरे भीतर एक बेटी और एक प्रेमिका के बीच कड़ा संघर्ष चल रहा है और इससे उत्पन्न होने वाली पीड़ा से मैं पल-पल बुझ रही हूँ।''

मन बोला, ''सती! अब सब कुछ भूलकर तुम अपने अन्तःकरण की आवाज़ को अपना पथ-प्रदर्शक मानना शुरू कर दो। यह तुम्हारे अन्दर एक नयी सोच को जन्म देगी। साथ-ही-साथ इससे तुम्हारे भीतर वास्तविकता को देखन-समझने की भी परख उत्पन्न हो जायेगी। मुझे लगता है कि अन्तिम विजय प्रेम की ही होगी। जिस शक्ति को तुम प्रेम करती हो और जिसे तुम प्राप्त करना चाहती हो, वह हमेशा से तुम्हारी ही रही है। इस भौतिक जगत में तुम्हें चाहे कितनी भी विपदाओं का सामना करना पड़े, तुम्हारे मार्ग में कितनी भी अड़चनें आयें, तुम्हारी विजय निश्चित है। शक्ति एवं शिव का मिलन संसार को अर्थ देता है।''

4

समय बीतने के संग मेरा शिव के प्रति प्रेम...अनुराग निरन्तर बढ़ता गया। शायद मेरे पिता, प्रजापति दक्ष और मेरी माता को भी इसकी गहनता का बोध नहीं था। हाँ, यह सत्य है कि मेरी अधिकतर बहनें, विशेषकर रोहिणी दीदी मुझे अकसर सचेत करने का प्रयास करती थीं। उन्हें पूरी तरह बोध था कि हमारे पिता प्रजापति दक्ष, मेरे रुद्र से पूरी तरह कुपित थे। इसके अनेक कारण थे। इसके विषय में सब बाहरी लोग अनुमान लगाते रहते। कहते हैं कि शिव ने मेरे दादू—ब्रह्मा—प्रजापति दक्ष के पिता का किसी बात से कुपित हो एक सिर काट लिया था। यह भी कहा जाता है कि एक बार एक सभा में जब मेरे पिता आये तो शिव बैठे रहे। मेरे पिता ने इसको अपना व्यक्तिगत अपमान मान लिया था। इसके अलावा प्रजापति दक्ष को उनकी जीवन-प्रणाली भी निन्दनीय लगती थी। इन सब कारणों के अतिरिक्त मेरा पिता को शिव के गण-भूत, पिशाच आदि से भी असीम घृणा थी।

शायद कुछ अन्य कारण भी रहे होंगे। कुछ लोग कहते थे कि एक समय ऐसा भी था जब प्रजापति दक्ष शिव के विरोधी नहीं थे। इस विषय में, मैं—सती पूरी तटस्थता से कहना चाहूँगी कि मेरे पिता शिव के विराट स्वरूप से पूरी तरह अनभिज्ञ लगते थे। इसका कोई भी कारण हो सकता था। पर मेरे आकलन में शायद अपने पद की गरिमा के अहंकार में उनकी समझने की क्षमता क्षीण हो चली थी।

मेरे लिए यह बहुत कठिन और कठोर स्थिति थी। न तो मैं अपने जनक को हेय दृष्टि से देख सकती थी और न ही मैं अपने प्रेम का त्याग कर सकती थी। अपने शिव, अपने रुद्र की मैं प्रिया थी। हर क्षण मैं उनके बारे में ही सोचती रहती और उनके संग अपने विवाह की कल्पना करती रहती।

मेरे मन की वास्तविक स्थिति का पूरा बोध था रोहिणी दीदी को। परन्तु

शिव के विषय में वार्तालाप करने के पूर्व वह इस बात का पूरा ख़याल रखती थीं कि कोई भी हमारी बातों को सुन न रहा हो। मेरा शिव के प्रति प्रेम उनके लिए भविष्य में आने वाले भयंकर संकट का सूचक था। बार-बार वह मुझे शिव के प्रेम को त्यागने का अनुरोध करती थीं। मुझे पूरी तरह यह मालूम था कि उन्हें शिव से कोई विरोध नहीं था। पर उन्हें चिन्ता रहती थी मेरे प्रेम के अशुभ परिणाम को लेकर।

...एक बार हम दोनों कक्ष में एकान्त में बैठे थे।

''सती! मेरी प्यारी बहन।''

''क्या बात है दीदी?'' मैंने आश्चर्य से पूछा।

''एक बात पूछूँ?''

''यह लो, अब तुम भी मुझसे औपचारिक हो रही हो!'' मैंने कुछ गम्भीर भाव से कहा।

''तुम बुरा तो नहीं मानोगी?''

''यह शंका क्यों, दीदी?''

''बस यूँ ही।'' फिर कुछ क्षण रुककर, मेरी ओर देखते हुए उन्होंने पूछा, ''क्या तुम अपने पिता से प्यार करती हो?''

मैंने कहा, ''बहुत अधिक। वह भी तो मुझे कितना प्रेम करते हैं!''

इस पर रोहिणी दीदी ने कहा, ''अब अवसर आ गया है कि तुम उस प्रेम का प्रतिदान दे सको।''

मैं उनको एकटक देखते हुए बोली, ''आपके मन में क्या है स्पष्ट करें।''

''मुझे भय लगता है।''

''क्यों? किस बात से आप भयभीत हैं?''

''मैं तुम्हारे प्रेम को लेकर भयभीत हूँ।''

''कारण?''

''तुम्हें मालूम है सती!''

''फिर भी मैं आपके मुँह से सुनन चाहती हूँ।''

''तुम्हारा और शिव का प्रेम मुझे विनाशकारी लगता है।''

''कैसे?''

''यह तुम अपने मन से पूछो सती!''

''मुझे तो ऐसा कुछ भी नहीं लगता।'' कुछ क्षण चुप रहने के बाद मैं बोली, ''सब तो सामान्य है यहाँ।''

''अभी तो सब सामान्य लगता है, लेकिन...''

"लेकिन क्या?"

"पिताजी के लिए शिव के संग तुम्हारा विवाह एक अपमान की तरह होगा।"

"क्यों?" मैंने पूछा।

वह बोलीं, "शिव की जीवन-प्रणाली से वह घृणा करते हैं।"

इस पर मैंने कहा, "हर व्यक्ति की विचारधारा, संस्कार एवं जीवन-मूल्य भिन्न होते हैं...होने भी चाहिए...अगर सबकी जीवन-प्रणाली एक-सी हो जाये तो क्या यह समरसता उबाऊ नहीं होगी?"

वह भी उस दिन पूरी तैयारी के संग आयी थीं। उन्होंने मुझसे कहा, "क्या माता-पिता का अपनी सन्तान पर कोई अधिकार नहीं होता?"

"होता है। पूरी तरह होता है," मैंने कहा।

"क्या वह अपने बच्चों को प्यार नहीं करते?"

"इसमें कैसा सन्देह दीदी!"

"क्या तुम्हें प्रजापति दक्ष के प्रेम में कोई कमी दिखती है?"

"बिल्कुल भी नहीं।"

"फिर ऐसा कैसे?"

"कैसा?"

"तुम्हें शिव से सम्बन्ध की कल्पना भी नहीं करनी चाहिए।"

"यह असम्भव है।"

"क्यों असम्भव है?"

"शिव के बिना मेरा जीवन निरर्थक है।"

"क्यों?"

"मेरे जीवन की सारी साधना का केन्द्र हैं मेरे आराध्य शिव...और मैं केवल उनकी रुद्रप्रिया सती...और कुछ नहीं।" कुछ क्षण रुकने के पश्चात् मैंने कहा, उनके प्रेम को प्राप्त करने के लिए मैं कुछ भी त्याग सकती हूँ।"

"अरे यह क्या सती! यह कैसी दीवानगी है। मुझे कुछ भी समझ में नहीं आ रहा है इस समय। मैं सिर्फ़ पिताजी और तुम्हारे सम्बन्धों को लेकर चिन्तित हूँ।"

उन क्षणों में मैंने दीदी के प्रति असीम प्रेम का अनुभव किया। उनका प्रेम एकदम पारदर्शी था। मैं आगे ब ढ़ी और उनका हाथ पकड़कर बोली, "कितना प्रेम करती हो दीदी तुम अपनी बहन सती से!" मैंने गहराई से उनकी आँखों में झाँककर देखा। उनमें मेरे भविष्य को लेकर एक व्याकुलता थी। एक मन्द मुस्कान के संग मैंने तब कहा, "दीदी, यह मत भूलना कि तुम्हारी ये बहन केवल

एक साधारण प्रेमिका मात्र नहीं है। यह रुद्रप्रिया है। शिव यानी रुद्र का अनन्त साहचर्य प्राप्त करना ही इसके जीवन का एकमात्र लक्ष्य है।" मैं कुछ क्षणों के लिए रुक गयी। रोहिणी दीदी बड़ी विचित्र नज़रों से मुझे देख रही थीं। मैं समझ रही थी कि मेरी भावनाओं की वास्तविक गहराई को समझना उनके लिए सम्भव ही न था। सच तो यह है कि प्रेम की उदात्त विराटता को सामझना सबके लिए सम्भव ही नहीं है। "आप निश्चिन्त रहें दीदी! किसी भी हालत में सीमा का अतिक्रमण नहीं करूँगी। मेरे लिए हमारे माता-पिता किसी भगवान से कम नहीं हैं," मैंने उनसे दिलासापूर्ण स्वर में कहा।

"ठीक है सती! मुझे तुम्हारे विवेक पर पूर्ण विश्वास है।"

"धन्यवाद!"

"अब तुम्हें मुझे 'धन्यवाद' देने की क्या आवश्यकता पड़ गयी?"

"आपके प्रेम से मैं अभिभूत हो जाती हूँ। कितना सोचती हैं आप मेरे हित के लिए!" मैंने कहा। "दीदी!"

"हाँ, सती!"

"तुम प्रेम की देवी हो।"

"और तुम क्या कम हो?" वह हँसकर बोलीं।

"दीदी, मुझे आपसे कुछ पूछना है।"

"पूछो।"

"आप ईमानदारी से उत्तर देंगी?"

"प्रयास तो करूँगी ही सती!"

"नहीं, मुझे केवल 'प्रयास' नहीं चाहिए।"

"तो क्या चाहिए तुम्हें?"

"मुझे आपके हृदय की आन्तरिक गहराई से निकला उत्तर चाहिए।"

"ठीक है, सती! पूछो।"

"ऐसे नहीं।"

"फिर कैसे?"

"आप पहले मुझे वचन दें।"

"और यदि मैं झूठा वचन दूँ तो!"

"इसकी चिन्ता मुझे नहीं है।"

"क्यों सती?"

"मैं जानती हूँ कि आप झूठ बोल ही नहीं सकतीं।"

"इतना विश्वास है तुम्हें मुझ पर?"

"हाँ।"

"कारण।"

"कारण आपको मालूम है।"

"नहीं है सती!"

"सत्य बोलना आपके चरित्र का भाग है।"

"धन्यवाद!"

"एक बात और है दीदी!"

"वह क्या है?"

"आपका मुखमण्डल मुझे किसी दर्पण से कम नहीं लगता।"

मेरी बात पर वह हँस दीं। फिर बोलीं, "वो कैसे?"

"आपके मन की बात आपके चेहरे से पता चल जाती है।"

"अच्छा! तो क्या करूँ मैं अब इसके लिए?"

"कुछ नहीं," मैंने भावुक स्वर में कहा।

"फिर भी!"

"यही तो आपको सबसे अलग बनाता है, दीदी!"

"लेकिन तुम्हारे जीजाजी चन्द्र को लगता है कि मुझे किसी गुप्त बात को बताना ही नहीं चाहिए।"

"दीदी!"

"हाँ, सती!"

"एक बात कहनी है।"

"कहो।"

"अपने पास ही रखियेगा।"

"अवश्य! तुम मेरा विश्वास करो।"

"और किसी से मैं अपने मन की बात कहना ही नहीं चाहती।"

"मुझे मालूम है सती! तुम मुझसे बहुत प्रेम करती हो।"

"दीदी! आपने पिताश्री और भ्राताश्री से बात की।"

"किस बारे में?"

"मेरे बारे में।"

"क्यों?"

"वह मेरे बारे में बहुत चिन्ता करने लगे हैं।"

"ठीक तो है, सती!"

"वो कैसे?"

"तुम उनकी सबसे लाडली और सबसे छोटी बेटी हो और अब बड़ी हो गयी हो।"

"तो फिर क्या?"

"उन्हें अब तुम्हारे विवाह की चिन्ता हो रही है।"

"दीदी, मैं कुछ और भी कहना चाहती हूँ।"

"कहो।"

"मैं विवाह नहीं करना चाहती।"

"क्यों? हर लड़की चाहती है। तुम क्यों नहीं?"

"आपको मालूम तो है।"

"फिर भी तुम मुझे अपने मन की बात बताओ।"

इस पर मैं बोली, "दीदी, यदि मैं विवाह करूँगी तो शिव—अपने रुद्र से। अन्यथा मैं आजीवन अविवाहित रहूँगी?"

"ऐसा क्यों सोचती हो?"

"प्रजापति दक्ष इस समय भ्रमित हो रहे हैं, दीदी!"

"इतना बड़ा आक्षेप। कैसे सिद्ध करोगी तुम इसे सती?"

"मैं इसे सिद्ध कर सकती हूँ, दीदी!"

"कैसे? करो फिर।"

"एक बार सृष्टि के रचनाकार हमारे पितामह ब्रह्मदेव ने एक बार मेरी उपस्थिति में हमारे जनक प्रजापति दक्ष से कहा था, 'स्वाभिमान और अहंकार में फ़र्क़ करना सीखो पुत्र! कहीं यह तुम्हें पतन के गर्त में न ले जाये। और यदि ऐसा हुआ तो तुम्हें इसका बोध भी नहीं रहेगा।' हमारे पिताश्री पर पितामह की सलाह का कोई प्रभाव नहीं पड़ा था," मैंने कहा।

इस पर रोहिणी दीदी बोलीं, "कितना पवित्र है इस घर का सारा परिवेश! पिताश्री ने यहाँ जगत के पालनहार भगवान विष्णु की विशाल प्रतिमा को स्थापित कर इस भवन की गरिमा को एक अभूतपूर्व एवं गरिमामण्डित छवि प्रदान कर दी है।" कछ क्षण रुकने के पश्चात् वह बोलीं, "और कितना मधुर होता है बड़े-बड़े ऋषि, मुनियों एवं ब्राह्मणगण द्वारा किया गया मन्त्रोच्चारण! यज्ञों का प्रयोजन इन ऊँची-ऊँची अट्टालिकाओं से घिरे इस भवन को एक अलौकिक छवि एवं गरिमा प्रदान करता है। और कितना भव्य हुआ था भगवान विष्णु की मूर्ति का अनावरण!"

"दीदी! आप तो काव्य का सृजन करने लगी हैं। कितने प्रसन्न होंगे आपके पति, चन्द्र, इस पर," मैंने परिहासपूर्ण स्वर में कहा।

इस पर हँसते हुए दीदी बोलीं, "और सती एक बात मैं तुमसे और कहना चाहती हूँ।" मैं उनकी ओर देखने लगी। "तुम्हारे विवाह में पिताश्री बहुत विराट और भव्य आयोजन की कामना रखते हैं।" वे कुछ क्षणों के लिए रुकीं और फिर मन्द स्वर में बोलीं, "पर क्या वह सम्भव होगा सती?"

"यह सन्देह क्यों, दीदी?" मैं कुछ क्षणों तक चुप रही। "पिताश्री को भव्य और बड़े आयोजनों से बहुत आनन्द मिलता है।"

"ठीक कहती हो सती! पर मुझे उनके क्रोध की तीव्रता से भय लगता है। सच तो यह है कि प्रजापति दक्ष संसार की सारी व्यवस्था अपने ढंग से चलाकर ही प्रसन्न होते हैं। जब तक सब उनकी इच्छानुसार चलता रहता है तो वह प्रसन्न रहते हैं। ज़रा भी विरोध उन्हें सहन नहीं होता है। किसी भी विरोधी स्वर से वह कुपित हो जाते हैं। इसी कारण मैं तुम्हारे विवाह के प्रश्न पर चिन्तित हो जाती हूँ।"

सहसा मुझे याद आ गया भगवान विष्णु की मूर्ति के अनावरण का दृश्य और प्रजापति के दम्भपूर्ण शब्द, "आज आप सबकी उपस्थिति में मैं यह कहना चाहता हूँ कि संसार की प्रणाली एवं व्यवस्था को चलाने का जो दायित्व मुझे दिया गया है, वह मैं पूरी निष्ठा से चलाऊँगा और शेष-शय्या में स्थापित भगवान विष्णु की यह मूर्ति हम सबको प्रेरणा देती रहेगी।"

पर मुझे सप्तऋषियों के चेहरे पर चिन्ता दिखाई दी। उन्हें उस मूर्ति में अधूरापन लग रहा था और उसी क्षण जैसे कंकड़ों की बरसात हो गयी।

प्रजापति दक्ष ने दम्भपूर्ण स्वर में कहा, "संसार में मनुष्य ही ऐसा प्राणी है जो अपने भरण-पोषण के अतिरिक्त दूसरे प्राणियों के हित की चिन्ता करता है। फिर मैं तो प्रजापति हूँ और मेरा कार्य है संसार का संचालन करना। रीति-नीति की स्थापना करना मेरा प्रथम दायित्व है। आज का आयोजन भी इसी से जुड़ा है। इस प्रतिमा द्वारा आज मैंने संसार में रीति-नीति की स्थापना कर दी है।" मैं उन क्षणों में चिन्तित हो गयी थी। ऋषि-मुनिगण एवं सप्तऋषि असमंजस में लग रहे थे। पिताश्री प्रजापति दक्ष का स्वर एक बार फिर गूँजने लगा, "आज मैं अपने दायित्व के उच्चतम शिखर पर पहुँच गया हूँ। अब इस स्थान पर मेरे इष्ट, आराध्य भगवान विष्णु की प्रतिमा स्थापित हो चुकी है। यह केवल एक मूर्ति मात्र नहीं है। यह मेरे विचारों एवं जीवन-दृष्टि की पुष्टि करती है। आज मैं पूरी निष्ठा से यह कहना चाहता हूँ कि केवल भगवान विष्णु ही देवों के देव हैं। केवल वह ही सारे जगत के पालनहार हैं।"

मैं अचम्भित सब कुछ सुन रही थी। मुझे कुछ भी समझ में नहीं आ रहा

था। फिर मैंने आँखें बन्द कर ली थीं। और मुझे अनुभूति होने लगी थी एक शून्य की...महाशून्य की जिसके भीतर जड़ और चेतन सब कुछ समाहित था। वहाँ कुछ भी भौतिक नहीं था। वहाँ सारी इन्द्रियाँ शान्त एवं निष्काम हो जाती हैं। और क्या प्राप्त होता है प्राणी को उस महाशून्य में केवल त्रिलोकी शिव...रुद्र की ही अनुभूति होती है। क्या हुआ उस शून्य का प्रभाव मुझ पर : मैं शिवमय हो गयी। चेतना का वह विराट विस्तार शिव में पूर्णरूपेण समाहित होने की एक प्रक्रिया थी। शिव जो नहीं हैं। जो अनादि हैं। शिव ही महाशून्य के सर्जक हैं। शिव ही वह महाशून्य हैं। अभौतिक और चिरन्तन हैं। उस शून्य में मैंने अपना आयाम प्राप्त कर लिया था। अब मेरे 'मैं' में मैं शिव थी। शिव में मैं समाहित हो चुकी थी। कितना अभूतपूर्व था वह मिलन। अब स्पर्श करने को बचा ही क्या था! मैं शिवांगी बन चुकी थी।

मैं अपने विचारों में पूरी तरह खो गयी थी। मैं समझ गयी थी कि जो उस महाशून्य से उपजता था, वह था–निविड़, गहन अन्धकार। वही तो है हमारी ऊर्जा का स्रोत और वही है मेरी ऊर्जा का स्रोत भी। मेरी सारी भक्ति भी तो उसी अन्धकार से आती है। शिव को रुद्र भी कहा जाता है। रुद्र अर्थात् जो भयंकर रूप में हों। भयंकर रूप में शिव और गहन अन्धकार से उपजी ऊर्जा का स्रोत मैं यानी शक्ति इन दोनों के मिलन से ही सृष्टि जन्मती है।

शिव को रुद्र भी कहते हैं। क्यों पड़ा उनका ये नाम? शिव वह है जो है ही नहीं। वो सोते हैं और मैं उन्हें देखने जाती हूँ। उन्हें रिझाना चाहती हूँ। वो यह नहीं जानते। लेकिन मैं मान-मनौवत करती हूँ। मैं उनके संग नृत्य करना चाहती हूँ। उनकी निद्रा में खलल पड़ता है। वह झुंझला जाते हैं। गुस्से में गरजते भी हैं, और तेज़ी से उठकर खड़े भी हो जाते हैं, और फिर इतनी तेज़ दहाड़ते हैं, गरजते हैं कि उनका नाम ही मैंने रुद्र रख दिया। इसका अर्थ है तेज़ गरजने वाला, दहाड़ने वाला, अच्छा नाम लगा मुझे। उसके बाद मैं जब पूजा करने भी बैठती थी, शिव की तो मैं उसे रुद्राभिषेक का ही नाम देती थी।

शिव की इसी हुंकार से, इसी गरजने की क्रिया से योग उत्पन्न हुआ। यह योग हिमालय क्षेत्र से शुरू हुआ। इसी कारण योग-क्रिया में विश्वास करने वाले जो भी महात्मा यौगिक पुरुष थे, उन सभी ने हिमालय की तलहटी में आश्रय लिया।

यह योग ही जीवन-तन्त्र था। यदि जीवन की खोज करना है, उसके सार को समझकर गहण करना है तो योग करना ही पड़ेगा। योग ही जीवन का तन्त्र है। आदि पुरुष ने अपने सप्तऋषियों के साथ योग प्रारम्भ किया। इन प्रबुद्ध आत्माओं ने जिस जीवन-प्रणाली, व्यवस्था में हम फँसे हैं, उससे बाहर निकलने

के लिए नया चिन्तन और प्रणाली विकसित की है। और इसकी शुरुआत होती है शिव से।

शिव को त्रिनेत्र...त्र्यम्बकी भी कहते हैं, क्योंकि उनकी एक तीसरी आँख भी है। यह हमारी दो भौतिक आँखों से एकदम परे है। उनकी तीसरी आँख अलौकिक है। यह संहार का प्रतीक है तो साथ-ही-साथ सारी सृष्टि को देखने की क्षमता भी इसमें है। हमारी दो भौतिक आँखों की क्षमता सीमित है। यदि उन्हें बन्द कर दिया जाये जो हमारी सारी देखने की क्षमता कुंठित हो जायेगी। सत्य तो यह है कि हमारे भीतर भी एक तीसरी आँख है और केवल कुछ विशेष क्षणों में मनुष्य को इसका भान होता है। यह हमारी विकसित होती चेतना का दूसरा आयाम है। इस तीसरी आँख के खुल जाने पर हम अपने भीतर स्थित ब्रह्माण्ड को देखने में सक्षम हो जाते हैं।

अपने अन्दर देखने की क्षमता का अर्थ है, नज़रिये में बदलाव। यह हमारा सिर ऊँचा कर हमारे विकास में महत्त्वपूर्ण भूमिका रखता है। तब हमारी ऊर्जा विकसित होने लगती है और हम अपने रूपान्तरण की ओर बढ़ने लगते हैं। तीसरी आँख हमारे अध्यात्म का द्योतक है। यह हमें मायाजाल से मुक्त कराती हैं। भौतिक आँखों के द्वारा हम सांसारिक चक्र में फँस जाते हैं। परन्तु तीसरी आँख हमें विस्तार और ऊर्जा देकर हमें शिव का बोध कराती है। हमारी स्थूल इन्द्रियों से प्राप्त ज्ञान स्थूल होता है और इससे प्राप्त ज्ञान के द्वारा सत्य की प्राप्ति सीमाबद्ध होती है। शिव की प्राप्ति स्थूल से सूक्ष्म की ओर जाने से सम्भव है। त्रिगुणात्मक माया द्वारा रचित संसार केवल भ्रम है। इसका कोई अस्तित्व है ही नहीं। इसके इन्द्रजाल में फँसकर हम सत्य यानी की शिव तत्त्व को देखने और ग्रहण करने की क्षमता खो देते हैं। भौतिक जगत की अर्थहीनता एवं नश्वरता का बोध केवल तीसरी आँख द्वारा प्राप्त शिव तत्त्व द्वारा ही सम्भव है।

मैं शिव को सोम भी कहती हूँ। सोम यानी चन्द्रमा। वही जिसे शिव अपनी जटा में धारण किये हुए हैं। इसका मतलब नशा भी होता है। यह हमें बाहरी जगत से नहीं प्राप्त हो सकता है। इसकी प्राप्ति होती है अन्तर में घटित होने वाली सूक्ष्म आध्यात्मिक प्रक्रिया से। बाहरी जगत के सम्बन्ध एवं वस्तुएँ आनन्द के संग-संग कष्ट भी देती हैं। चन्द्रमा को ऊर्जावान नहीं माना जाता है। शिव भी उसे एक मुकुट के रूप में धारण किये हुए हैं। महायोगी शिव जो एक ऊर्जावान एवं चैतन्य जीवन की मादकता में डूबा रहता है और हर प्रकार के भौतिक परिताप से मुक्त रहता है।

शिव का वाहन नन्दी एक अनन्त प्रतीक्षा का प्रतीक है। प्रतीक्षा धैर्य का परिचायक है। नन्दी इसका सर्वश्रेष्ठ उदाहरण है। नन्दी को मालूम नहीं कि महायोगी

शिव कब जायेंगे, कब आयेंगे और कहाँ जायेंगे। प्रतीक्षारत नन्दी एक योगी हैं।

शिव की नाग-माला अद्वितीय है...

एक दिन मैं शिव को एकटक देख रही थी, साँप उनके गले में पड़ा धीरे-धीरे हिल रहा था। तब मुझे अहसास हुआ कि शिव की ऊर्जा उनके शिखर तक पहुँच चुकी है। आध्यात्मिकता को साँपों से अलग नहीं किया जा सकता, इसमें जीवन का एक ख़ास बोध है। साँप रेंगने वाला जीव है, जिसे ज़मीन पर रेंगना होता है। परन्तु शिव ने उसे अपने सिर पर धारण किया है, उससे पता चलता है कि वह शिव से भी ऊपर हैं, बहुत सारे रूपों में आप देखोगे तो साँप शिव से भी बेहतर होते हैं। अगर आप सहज हो जाते हैं तो साँप आपके साथ बहुत आराम से रह सकता है।

ॐ नमः शिवाय वह मूल मन्त्र है जब मैंने पहली बार शिव को पाने के लिए तपस्या की तो इसी मूल मन्त्र का जाप करती रही। इसे महामन्त्र कहा जाता है और जिसका अभ्यास विभिन्न आयामों मे किया जाता है। इसे पंचाक्षर भी कहते हैं, क्योंकि इसमें पाँच मन्त्र हैं। पंचाक्षर प्रकृति में मौजूद पाँच तत्त्वों के प्रतीक हैं। शरीर में जो मुख्य पाँच केन्द्र हैं, ये उसका भी प्रतीक हैं। इस मन्त्र के जाप से पाँचों केन्द्रों को जाग्रत किया जा सकता है, और यह पूरे तन्त्र के शुद्धीकरण के लिए अत्यधिक भाग्यशाली हैं। इसी मन्त्रोचारण के जाप से शिव को प्राप्त किया जा सकता है, और वही मैंने करने की चेष्टा की थी।

शिव अज्ञानी हैं, अज्ञान के देवता। हमें बहुत कुछ ढूँढ़ना होता है तो हम अपनी सारी इन्द्रियों के ज्ञान का सहारा लेते हैं। इन ज्ञान-चक्षुओं से जो मिलता है, वो हमें असीम तक नहीं पहुँचा पाता क्योंकि हमारा ज्ञान बहुत सीमित है। अज्ञान अथाह है, आँखें खोलते हैं तो हमें उतना ही दिखाई देता है जो हमारी आँखों के आगे है। उन आँखों को बन्द करने के बाद जो अँधेरा है, शिव वही हैं। हमें जिन चीजों के बारे में नहीं पता होता जिस अँधेरे को हम बूझ नहीं पाते, हम उसे रहस्य का नाम दे देते हैं, फिर उसमें कुछ रहस्य होता ही नहीं है, क्योंकि वह रहस्य तो पहले ही वहाँ मौजूद है। ये तो हमारी सीमाएँ हैं जो हम किसी चीज को समझ नहीं पाते तो वो चीज़ हमारे लिए रहस्यमयी बन बन जाती है। हमारी एक कमज़ोरी उसे रहस्यमय बनाती हैं, उस वस्तु की अपनी प्रक्रिया है। *प्रकृति नहीं है रहस्य, हम अन्धकार में डूबे हैं, अन्धकार से परे क्या है, जिसे हम समझ नहीं पाते हैं। जब समझ नहीं पाते तो हम उसका नाम अन्धकार रख देते हैं। यही बात जो हमें समझ नहीं आयी। आज कितने तारामण्डलों, कितने हज़ारों तारामण्डलों के बारे में हम जानते हैं, किन्तु यह फिर भी जितना सम्पूर्ण*

ब्रह्माण्ड है, जितना उसका अस्तित्व है। उतना यह बहुत छोटा है और जो इसके अलावा ब्रह्माण्ड है, वह हमारे लिए रहस्यमयी है। क्योंकि वो अन्धकारमय है। हमारे लिए, उस अन्धकार का दायरा बहुत विशाल है, असीमित है। अन्धकार कोई पदार्थ नहीं है, कोई चीज़ नहीं है, हम उसे छू नहीं सकते, हम छूकर उसका बोध नहीं कर सकते, क्योंकि अन्धकार तो रोशनी का अभाव है। अन्धकार बोध का अभाव है, अन्धकार ज्ञान का अभाव है, क्योंकि असल में बहुत कुछ ऐसा है जिसे हम नहीं जानते। जिसे हम नहीं जानते, वह अँधेरा है यानी कि वो चीज नहीं है। अन्धकार कोई वस्तु नहीं है, वो ऐसी चीज है जो हमारे बोध से परे है, इसलिए वो अँधेरा है, अन्धकार है।

शिव भी अन्धकार और बोध से परे हैं, हम उन्हें जान नहीं पाते, इसीलिए हम उनको शिव कहते हैं और शिव अन्धकार की तरह ही असीम हैं, बहुत विस्तृत हैं। अज्ञानता का विस्तार असीम है, मगर हमारे ज्ञान का विस्तार असीम नहीं है। दूसरे शब्दों में कहूँ तो ज्ञान सीमित है, हमारे लिए वह विशाल हो सकता है कि हम बहुत ज्ञानी हैं, मगर फिर भी वो बहुत सीमित है। केवल अज्ञानता ही असीम हो सकती है, इसलिए शिव अज्ञानता के देवता हैं, भोलेनाथ हैं, अज्ञानी भी हैं, वो ज्ञानेश्वर हैं, ज्ञान के देवता भी हैं, परन्तु यह ज्ञान उनका एक छोटा-सा पहलू है। जब हम शिव को खोजने निकलते हैं तो हमारे अस्तित्व में जो सबसे विशाल दायरा होता है, वह अज्ञानता का होता है, अन्धकार का होता है और उसी में विराजमान है शिव। लेकिन कितनी विचित्र बात है न कि जो अज्ञानता है, अँधेरा है, उसे कौन खोजने निकलता है? मुझे यह अहसास हुआ कि जब हम अपनी अज्ञानता को ढूँढ़ेंगे तभी तो ज्ञान मिलेगा। हम जिस चीज के बारे में नहीं जानते, हम उस चीज की खोज करेंगे तभी तो उस चीज के बारे में सोच पायेंगे। ज्ञान को ढूँढ़ेंगे तो कोई नयी चीज नहीं मिलेगी क्योंकि ज्ञान बहुत सीमित है। अज्ञानता को खोजेंगे तो ही विस्तृत ज्ञान की प्राप्ति होगी। अन्धकार से, अज्ञानता से, अनन्त ज्ञान निकल सकता है। जो ज्ञान आपको पहले से ही प्राप्त है, उससे आपको और क्या प्राप्ति होगी? उसकी बस अलग-अलग शब्दों में व्याख्या कर पाओगे। शिव वो हैं जिन्हें हम जानते नहीं हैं, जो हमारे ही अन्दर अन्धकारमय हैं। शिव चाहिए तो अन्धकार को ढूँढ़ो, उसमें रमो।

सात चक्र : हमारी ज़िन्दगी के सात आयाम हैं। जीवन के अनुभव जो हमारे सात आयामों को दर्शाते हैं, वो सात मौलिक केन्द्र हैं। हमारे शरीर में सात चक्र के रूप में विद्यमान हैं। मूलाधार, जो जननेन्द्रियों और गुदाद्वार के बीच स्थित है, स्वादिष्टान जो जननेन्द्रियों के ठीक ऊपर स्थित हैं, मनीपूरा जो नाभि के ठीक

नीचे स्थित है, जननेन्द्रियों के ठीक नीचे का कोमल स्थान है। गले के नीचे के गड्ढे में विशुद्धि स्थित है, और दोनों भौंहों के बीच में आज्ञाचक्र है और सिर के ऊपर सहस्त्रार स्थित है। यह सातों चक्र हमारे जीवन के आयाम दर्शाते हैं, अगर हमारी ऊर्जा मूलाधार में प्रबल है तो हममें सोने और खाने की प्रवृत्तियाँ सबसे ज़्यादा प्रबल होंगी। ये स्वादिष्टान में प्रबल हैं तो जीवन में भोग-विलास सबसे ज़्यादा हमारे लिए अहम होगा, हम फिर सुख की तलाश करेंगे और फिर आनन्द लेंगे, अगर ऊर्जा मनीपूरा में प्रबल है तो गतिविधियों में हम ज़्यादा सक्रिय होंगे और दुनिया में बहुत सारे काम करेंगे, अगर हमारी ऊर्जा अनाहत में सक्रिय है तो हम बहुत सृजनशील व्यक्ति होंगे। ऊर्जा अगर शुद्धि में प्रबल है तो हम बहुत महाशक्तिशाली व्यक्ति होते हैं। ऊर्जा अगर आज्ञा में प्रबल है तो हम श्रान्तिमय हो जाते हैं, अगर हम आज्ञाचक्र पर पहुँच जाते हैं तो हम बौद्धिक स्तर पर प्रबुद्ध हो जाते हैं, लेकिन अनुभव के स्तर पर हम प्रबुद्ध नहीं बन पाते। बाहर चाहे कुछ भी घटित हो रहा हो हमारे अन्दर एक तरह की शान्ति और स्थिरता बनी रहती है, और अगर हमारी ऊर्जा सहस्रत्रार में प्रवेश कर जाती है, तब हमारे अन्दर परमानन्द का विस्फोट होता है जिसे समझाया नहीं जा सकता। हमारे भीतर जो भी अनुभव होता है, वह बस हमारे जीवन की ऊर्जा की अभिव्यक्ति मात्र है। हमें अगर ग़ुस्सा आये, दुख है, शान्ति है, ख़ुशी है, परमानन्द है—यह सब हमारी ऊर्जा की अभिव्यक्ति के अलग-अलग स्तर हैं और यही वो सात आयाम हैं जिनके माध्यम से कोई व्यक्ति स्वयं को पा सकता है, मैंने भी जब शिव को पाने की अभिलाषा की तो अपनी प्रवृत्तियों को संयम में रखने के लिए मूलाधार से लेकर सहस्रत्रार तक अपनी ऊर्जा को सँवारा, और जब सहस्रवार तक जब ऊर्जा प्रबल हो उठी और वो जब परमानन्द का क्षण आया, तभी मुझे शिव के साक्षात दर्शन हुए।

कोई व्यक्ति जब शरीर छोड़ता है तो वह विशेष चक्र से छोड़ता है। जिस चक्र में उन्हें महारत हासिल होती है, उसी चक्र से शरीर छोड़ते हैं, अपनी प्रवृत्तियों के अनुसार हर मनुष्य शरीर छोड़ता है, बहुत कम लोग होते हैं जो सातों चक्रों से अपने शरीर को छोड़ते हैं।

सात चक्रों के चरम पर पहुँचना उच्चतम अभिव्यक्ति है। वो तभी सम्भव हो सकती है, जब आप ऊर्जा को बहुत उच्च स्तर की तीव्रता तक ले जाते हैं और तब वह एक ख़ास आकार धारण कर लेती है। और अगर आकार धारण नहीं कर पाती तो निराकार हो जाती है, निराकार हो जाती है तो एक साधारण मनुष्य उसको अनुभव नहीं कर पाता, ऊर्जा को उस उच्चतम सीमा तक ऊपर

उठाकर जहाँ वह निराकार हो जाती है, जहाँ आकार धारण नहीं कर पाती तो उस स्थिति में उसे घनीभूत करके स्थित ऊक्र किया जाता है, प्रतिष्ठित किया जाता है, वहीं परमानन्द की प्राप्ति होती है।

समय माया है। यह जन्म ख़त्म हो गया मेरा। सती के रूप में प्राण त्याग दिये मैंने। अब दुबारा मुझे शिव से मिलना होगा। थोड़े समय के बाद, लेकिन समय क्या है? माया! और माया क्या है एक आभासी प्रक्रिया। चाहे मैं सौ वर्ष बाद आऊँ, दो सौ सदियों बाद आऊँ, इससे कोई फ़र्क़ नहीं पड़ता। भ्रम है यह असल में और यह हमारी ज़िन्दगी में घटित होता ही है। मनुष्य का तार्किक मस्तिष्क सीमाओं से परे जाता है, तब समय जैसी कोई चीज नहीं रह जाती। जो यहाँ है वो वहाँ है, जो वहाँ है वो यहाँ है, और जब आप अपनी तार्किक प्रक्रियाओं से ऊपर उठ जाते हो तो लगता है जो तब था वो अब है, और जो अब है वो तब था। ब्रह्माण्ड में जितना भी रिक्त स्थान है, जितना भी अन्धकारमय स्थान है, उसे हम विशाल फैलाव के रूप में देख सकते हैं या फिर एक छोटे-से सरसों के दाने की तरह भी देख सकते हैं, दोनों तरह से सम्भव है, हम आकाश की विशालता को अपनी इन्हीं दोनों आँखों से भी देख सकते हैं, और आकाश में उड़ रहे हों तो हम पूरी धरती को अपनी आँखों के अन्दर समा सकते हैं। समय और स्थान एक ख़ास प्रवाह है, जो अन्तहीन आकाश में फैला हुआ है, उसे आप छोटे-से गोले में भी क़ैद कर सकते हैं और बहुत बड़े गोले के रूप में भी उसको महसूस कर सकते हैं, परन्तु किसी निष्कर्ष पर नहीं पहुँच सकते हैं। निष्कर्ष पर पहुँचना है तो इस तर्क की प्रक्रिया से निकलकर शिव से जुड़ी प्रक्रिया में आना होगा।

कहानी : शिव ने जब मेरे साथ नृत्य किया तो मैं भीतर-ही-भीतर एक ज़बरदस्त परमानन्द से सराबोर थी और भावनाओं की सीमाओं से कहीं आगे निकल गयी थी। मैं इतनी ज़्यादा आनन्दमयी और भाव-विभोर हो गयी थी कि अपने आसपास की हर चीज से चिन्ता रहित हो गयी, शायद शिव ही जानते थे कि मेरे साथ क्या घट रहा है। वह पास आये और मुझे उन्होंने अपनी बाँहों में लिया और मैं अचेतन अवस्था में चली गयी।

काशी : हिमालय पर रहते-रहते उसकी कन्दराओं, वनस्पतियों से जब मन भर जाता था तो एक दिन मैंने शिव से कहा कि हम कहीं और घूमने चलते हैं। शिव ने मेरी ओर देखा, मुस्कराये और पूछा, "कहाँ जाना है तुमको?" मैंने एक क्षण के लिए आँखें बन्द की और उन बन्द आँखों से एक ऐसी नगरी को देखा जहाँ दुख, चिन्ता, शोक और दरिद्रता कुछ भी नहीं है और उस लोक में बहुत सुन्दर दृश्य हैं। भ्रमण करने के लिए बहुत-से उद्यान हैं। इतना विचित्र जो किसी

ने नहीं देखा। इतना मनोहर कि एक बार व्यक्ति वहाँ जाये तो वहाँ से निकलने का मन ही न करे। उस नगरी को कभी भी किसी भी समय छोड़ने को दिल न चाहे, इसलिए शायद उसे अविमुक्त भी कह दें, वह स्थान सृष्टि के सम्पूर्ण जीवों को आनन्द देने वाला होने लगा, इसलिए मैंने उसका नाम आनन्द वन रखा। उसमें योगी सिद्धी के लिए आने लगे। जो वहाँ रहता था, उसमें एक अलग तरह का तेज आ जाता था। अद्वितीय स्थान था वो। शिव ने उसका नाम काशी रखा, और वहाँ एक ऐसे भवन का निर्माण किया जिसमें दीवारों पर रत्न लगे हुए थे, मोतियों की झालरें लटकी हुई थीं और असंख्य छत्र लगे हुए थे, विमान थे और कल्पवृक्ष के समान कोई भी अभिलाषा पूर्ण करने के लए सहस्र वृक्ष लगे हुए थे। वहाँ मैं और शिव जब घूमने लगे तो शिव ने मुझे कहा कि यह लोक मैंने तुम्हारे लिए बनाया है सती! यह अत्यन्त उत्तम, सुन्दर, परम पवित्र और प्रसन्नता प्रदान करने वाला है। मुझे प्रिय है। यहाँ पर किसी दुख का प्रवेश नहीं होगा, यहाँ रहने वाला किसी नरक में नहीं जायेगा। कोई वेद भी इसके महत्त्व को नहीं बता पायेगा। उस दिन से मुझे भी काशी सर्वप्रिय लोग लगने लगा।

ब्रह्मा और विष्णु की उत्पत्ति : कितनी अजीब बात है ना कि जिन ब्रह्मा और विष्णु को मेरे शिव ने बनाया, जिनकी उत्पत्ति ही शिव के कारण हुई, वही ब्रह्मा और विष्णु शिव की खोज में लगे हुए थे। उन्हें नहीं पता था कि शिव उनसे अरबों साल पहले इस सृष्टि में विद्यमान हैं। और वह स्वयं को ही आदि पुरुष समझ रहे थे।

दरअसल शिव एक ऐसे पुरुष का निर्माण करना चाहते थे जो सब विद्याओं में पारंगत हो और जिसके ऊपर सांसारिक ज़िम्मेदारी छोड़कर वो आनन्द से रह सकें। इसीलिए मैंने अपनी बायीं ओर देखा और अपनी इच्छा से एक पुरुष की उत्पत्ति की, जो बहुत ही सुन्दर, रूपवान, कलावान, बुद्धिमान, शीलवान था। उसका सम्पूर्ण व्यक्तित्व ही बहुत लुभावना था। शरीर श्यामवर्णी था, बिल्कुल चन्द्रमा के जैसा। उसके माथे पर त्रिपुंड बनाया मैंने। पीत वस्त्र धारण किये थे उसने। उसकी छवि ऐसी थी कि देखते ही मन मोह लेता था। परम सुन्दर, सम्पूर्ण विधाओं का ज्ञाता, महाप्रतापी, सिद्धरूप और पवित्र था। उस पुरुष का नाम आदिदेव शिव ने विष्णु रखा। जो तपस्या करता था, उसे भी उतना ही फल मिलने लगा।

विष्णु ने योग-साधना द्वारा एक ही आसन पर बैठकर आदिदेव को प्रसन्न करने के लिए तपस्या की। इतने दिनों तक कठिन तपस्या करने के कारण विष्णु के शरीर से पसीना निकला और उसमें से एक नदी बह निकली और विष्णु की नाभि से एक कमल की उत्पत्ति हुई। उसमें बहुत-सी पँखुड़ियाँ थीं। और बहुत

ख़ूबसूरत कमल था वो। उसी कमल से आदिपुरुष शिव ने ब्रह्मा जी की उत्पत्ति की और उसी कमल में आदिपुरुष शिव ने ब्रह्मा जी को बिठा दिया। ब्रह्माजी की उत्पत्ति उन्होंने मेरी दाहिने भुजा से की।

ब्रह्मा का रंग लाल था, चारों दिशाओं में उनके मुख थे। शिव ने ब्रह्मा के धाता, विधाता, बहुत-से नाम रखे किन्तु मुझे तो ब्रह्मा सर्वप्रिय था। उन्हें ख़ुद को भी नहीं पता था कि उनकी उत्पत्ति किसने की।

एक दिन उसी ब्रह्मा के मन में विचार जागा कि उस कमल के पुष्प की जड़ कहाँ है? जिनके मूल से यह कमल-पुष्प उत्पन्न हुआ है, वही तो मेरा पिता होगा। इसीलिए उस कमल को जन्म देने वाले पिता का पता लगाने के लिए ब्रह्मा उस कमल की डंडी के मार्ग से जल के भीतर चले गये, जहाँ से कमल की नाल ऊपर को निकली हुई थी। ब्रह्मा अपने भोलेपन में कमल-नाल के सहारे सैकडों कोसों तक पानी के भीतर तक चलते चले गये परन्तु उन्हें उसके उद्गम स्थान का पता नहीं चल सका। उन्होंने निरन्तर सौ वर्षों तक प्रयत्न किया और निराश होकर वापस उसी स्थान पर लौट आये, जहाँ से वो नीचे की ओर गये थे। यह भी तो कितने आश्चर्य की बात थी कि जब वो वापस आये तो उन्हें वो कमल पुष्प भी कहीं नहीं दिखाई दिया, जिस पर वो पहले बैठे हुए थे।

बहुत मनोरंजक दृश्य था। वापस आने पर ब्रह्मा को कमल-पुष्प नहीं दिखा। उन्हीं क्षणों में विष्णु आ गये।

''आप कौन हैं?'' ब्रह्मा ने विष्णु से पूछा।

विष्णु ने उत्तर दिया, ''हे ब्राह्मण, मुझे नहीं पहचानते?''

''नहीं! कौन हैं आप?''

''मैं विष्णु हूँ। अलख हूँ। निरंजन हूँ। जन्महरि हूँ। सच्चिदानन्द हूँ। मेरे ही नाभि-कमल से तुम्हारी उत्पत्ति हुई है। तुम मेरे पुत्र हो।'' फिर विष्णु कुछ क्षणों के लिए मौन हो गये। परेशान हो ब्रह्मा विष्णु की ओर देखने लगे। ''मैं ही तुम्हारा रक्षक हूँ। अब तुम हर प्रकार की चिन्ता से मुक्त हो जाना। मुझसे श्रेष्ठ कोई भी नहीं। मैं ही सबका स्वामी हूँ,'' विष्णु से सहज और भोलेपन से कहा।

इस पर क्रोधित हो ब्रह्मा बोले, ''निरी झूठी बातें मत बनाओ। अपनी व्यर्थ की प्रशंसा करने में तुम्हें संकोच नहीं होता।'' फिर कुछ क्षण ठहरकर वे बोले, ''सारे लोकों में पितामह एवं विधाता मैं कहलाता हूँ। सभी वेदों ने मुझे ब्रह्मा कहा है। तीनों गुणों को मैं धारण करता हूँ।'' उनका स्वर गर्व से भर गया। विष्णु शान्त भाव से उनकी ओर देखते रहे। ''यही नहीं, समस्त सृष्टि का रचयिता मैं ही हूँ, विष्णु,'' ब्रह्मा ने कहा।

"ब्रह्मा गर्व मत करो! तुम बहुत अज्ञानी हो। एक बात और समझ लो। इस सृष्टि के रचनाकार तुम नहीं, मैं हूँ। मैं ही सब जीवों का पालनहार हूँ। प्रलयकाल में उनका विनाश भी मेरे द्वारा ही होता है। आज माया के वशीभूत हो तुम अपना बखान कर रहे हो।"

मैं उनकी दृष्टि से छुपी हुई थी। उनकी इस आधारहीन बहस में मुझे हँसी आ रही थी। मैं मन-ही-मन बोली, "कितने अज्ञानी हैं दोनों! इनको असली रचनाकार के बारे में कुछ भी बोध नहीं है। यह कैसे विडम्बना है। दोनों अपने को एक-दूसरे का रक्षक मान रहे हैं।"

उन दोनों में वाद-विवाद बहुत कटु स्तर पर पहुँच गया था। भयावह युद्ध की पृष्ठभूमि बन चुकी थी। उन्हीं क्षणों में वहाँ शिव पहुँच गये। ब्रह्मा और विष्णु का ध्यान उनकी ओर पहुँच गया। शिव के सम्पूर्ण शरीर से एक अनोखा प्रकाश प्रस्फुटित हो रहा था। पूरा वन उनकी दिव्य आभा से दमक उठा था। मैं अच्छी तरह जानती थी कि शिव सादगी और सरलता के प्रतीक थे। उनके परम तेजोमय रूप से ब्रह्मा और विष्णु, दोनों ही विस्मय से मौन हो गये थे। उन अलौकिक क्षणों में मैंने अपार आनन्द का अनुभव किया था।

ब्रह्मा और विष्णु ने उस तेजोमय व्यक्तित्व के आदि और अन्त के रहस्य को जानने का मन-ही-मन संकल्प लिया। विष्णु इसका रहस्य जानने के लिए नीचे की ओर चल पड़े और ब्रह्मा ऊपर की ओर। शायद दोनों उस समय अपने अहंकार में लिप्त हो सत्य को नहीं समझ पा रहे थे। विष्णु और ब्रह्मा एक करोड़ वर्षों तक उस दिव्य ज्योति के उद्गम को ढूँढ़ते रहे। मुझे अच्छी तरह मालूम था कि वह असफल रहेंगे। उन्होंने अब वापस आने का मन बना लिया। अब उन्हें वह स्थान भी नहीं मिला, जहाँ से वह चले थे। उस परम ज्योति का आदि और अन्त के रहस्य को जानने के लिए। उनके अहंकार का अन्त हो चुका था। अब उनके ज्ञान-चक्षु खुल गये थे। वह समझ चुके थे कि उनसे ऊपर भी कोई शक्ति विद्यमान थी। एक ऐसी शक्ति जो उनसे श्रेष्ठ एवं उनसे अधिक पुरातन भी थी। ज्ञान का प्रस्फुटन एवं आगमन होते ही दोनों के मन की कटुता एवं मलिनता तिरोहित हो गयी। उनके भीतर अब वैमनस्य की जगह भक्तिभाव आ गया था। दोनों ने उस तेज़ पुंज को नमन किया।

"हे महायोगी, मेरा दर्प समाप्त हो गया है। मैं क्षमाप्रार्थी हूँ। मैंने अपने को सृष्टि का रचयिता समझने की भूल की," ब्रह्मा ने अत्यन्त विनम्र स्वर में अपनी भूल को स्वीकार किया।

"मैं भी आपका अपराधी हूँ, हे महापुंज! कृपया मेरी अदूरदर्शिता को भी

अनदेखा करें। अहंकार के वशीभूत हो मैंने भी अपने आपको इस सृष्टि का पालनकर्ता समझने की भूल की है," विष्णु ने भी पूर्ण समर्पण भाव से निवेदन किया।

"हे महाशक्ति! हमें अपने मूल स्वरूप का दर्शन करायें," ब्रह्मा ने आग्रहपूर्ण स्वर में कहा।

"हे परमशक्ति हमें अपने मूल स्वर का बोध करायें," विष्णु ने भी निवेदन किया।

शिव ने तब ब्रह्मा एवं विष्णु को अपने ओंकार रूप में दर्शन दिये।

उस दिव्य स्वरूप के दर्शन के बाद, शिव से ही विवाह करने का मेरा निश्चय और दृढ़ हो गया था।

वह क्षण अत्यन्त मनोहारी थे। उनकी छाप मेरे सम्पूर्ण व्यक्तित्व पर पड़ गयी थी। शिव ने...मेरे अपने रुद्र ने जिस सम्पूर्ण लिंगरूप में जो दर्शन दिये, उसे शब्दों में व्यक्त नहीं किया जा सकता। कितनी व्यापक है ओंकार की परिभाषा, कौन कर सकता है इसे परिभाषित। उसे तो केवल सम्पूर्ण भाव से ही अनुभव किया जा सकता है। बुद्धि द्वारा इसे जान लेने की चेष्टा केवल एक भ्रम मात्र है। सत्य तो यह है कि उस ज्योति, स्वरूप, आकार से ऋग्वेद, उकार से यजुर्वेद, मकार से सामवेद, नाद से अथर्ववेद तथा बिन्दु से ब्रह्मविद्या का स्वरूप बना है। मुझे शिव के इस रूप से अत्यन्त प्रगाढ़ प्रेम है।

दिन बीतते रहे...

मेरा शिव के प्रति आकर्षण प्रतिदिन प्रगाढ़ होता गया। यद्यपि मैं अपने भावों को नियन्त्रण में रखती थी और मेरा प्रयास यही होता था कि मेरी वास्तविक मनःस्थिति का बोध किसी को न हो सके। मैं किसी भी प्रकार अपने पिता के घर में अशान्ति का कारण नहीं बनना चाहती थी। हर पल मैं अपने पिता, प्रजापति दक्ष, के हठी स्वभाव को उत्तेजित नहीं करना चाहती थी। पर मुझे पूरी तरह उनके अहंकारी स्वभाव की जानकारी थी। कभी-कभी मैं एकान्त में सोचती कि कितना कठिन होता है एक नारी का जीवन। उसे हर क्षण सम्बन्धों की दुहाई देकर शोषित किया जाता है। वह चाहकर भी अपने माता-पिता तथा अन्य सदस्यों—भाई-बहनों की अवहेलना नहीं कर सकती।

मैं यह पूर्णरूपेण समझ गयी थी कि मेरा शिव से मिलन आसान नहीं होगा। प्रजापति दक्ष का शिव के प्रति वैमनस्य एवं घृणा का भाव एक जटिल, मनोवैज्ञानिक प्रक्रिया मात्र ही तो था। उनको किसी प्रकार से जटाधारी, महायोगी शिव स्वीकार्य

नहीं थे। सबसे प्रबल कारण तो था कि प्रजापति दक्ष यह मानते थे कि शिव ने उनके पिता ब्रह्मदेव को अपमानित एवं प्रताड़ित कर उनकी गरिमा को बहुत ठेस पहुँचाई थी।

इसके अतिरिक्त मेरे पिता अपने स्वभाव से ही वैष्णव विचारधारा रखते थे। उन्हें किसी प्रकार से शिव के औघड़ रूप की समझ न थी—शायद वह उसे समझना ही नहीं चाहते थे। मुझे लगता है कि उस जीवन-प्रणाली के लालित्य से वह नितान्त अपरिचित भी थे। शिव से उत्पन्न होने वाली शान्ति एवं शुचिता से वह पूरी तरह अनभिज्ञ थे। उन्हें वह छुपा हुआ सौन्दर्य भी नहीं दिखता था। पर मैं भीतर-ही-भीतर एक असीम वेदना से मर्माहत होती रहती थी। सच तो यह है कि शंकाओं एवं आशंकाओं के बीच झूलती नारी स्वयं अपने अस्तित्व की गरिमा खो देती है।

...मैं भूल नहीं सकती उन चुनौती भरे क्षणों को। पिताश्री ने सारे परिवेश को विष्णुमयी बना दिया था। और कैसे मैं भूल सकती हूँ पिताश्री का असफल नारायण यज्ञ। वह विशाल विष्णु की मूर्ति कितनी भारी हो गयी थी उन क्षणों में। सब आश्चर्यचकित हो गये थे तब। अथक प्रयासों के बावजूद वह टस-से-मस नहीं हुई थी।

''मूर्ति के अनावरण का समय हो गया है, प्रजापति,'' सप्तऋषियों ने निवेदन किया।

''रथ को भीतर ले चलो, सेवको,'' पिताश्री ने गम्भीर स्वर में आदेश दिया।

उन क्षणों में वातावरण बहुत उल्लासमय हो गया था। सेवक नाचते-गाते, ढोल बजाते, मूर्ति के रथ को स्थापना-स्थल की ओर ले जाने लगे। लेकिन सप्तऋषि चिन्तित-से लगे।

''इस मूर्ति की स्थापना बहुत दोषपूर्ण है,'' एक ऋषि ने कहा।

''इस मूर्ति की स्थापना हो ही नहीं सकती।'' एक अन्य ऋषि ने अपना विचार व्यक्त किया।

''लेकिन अगर प्रजापति दक्ष इस मूर्ति की स्थापना करते हैं तो हमें यहाँ नहीं होना चाहिए,'' एक और ऋषि ने अपने मन की बात कह दी।

सबके सब उस स्थान को छोड़ देने के लिए आतुर थे। सत्य तो यह है कि वह सब विचलित हो गये थे उन क्षणों में।

''चलो, हम सब यहाँ से चलें,'' एक ऋषि ने प्रस्ताव रखा।

''ठीक कह रहे हो।'' कई ने उस प्रस्ताव का समवेत स्वर में अनुमोदन किया।

वह सब उठ खड़े हुए थे। उनका मन खिन्न था। वे वहाँ एक पल भी नहीं रुकना चाहते थे। वह गम्भीर विपदा के क्षण थे।

तब ऋषि कश्यप ने हाथ जोड़कर उन सबसे निवेदन किया, "आप सब कृपया मेरी बात ध्यान से सुनें," सब उनकी ओर देखने लगे। वह फिर कहने लगे, "इस तरह हमारा प्रजापति दक्ष के सभा से उठकर चले जाना उचित नहीं होगा।"

इस पर एक ऋषि बोल पड़े, "पर यहाँ तो सब कुछ अनुचित हो रहा है। क्या यह धर्मसंगत होगा, कश्यप?"

इस पर कश्यप बड़े विनीत स्वर में बोले, "मेरे स्वयं के विचार में यहाँ जो कुछ भी हम देख रहे हैं, वह ठीक नहीं है। फिर भी...?"

"फिर भी क्या, कश्यप?"

इस पर कश्यप ने कहा, "न जाने मुझे क्यों लग रहा है कि यहाँ जो कुछ भी घटित हो रहा है, उसका कोई-न-कोई अर्थ अवश्य निकलेगा। मुझे आभास हो रहा है कि यह किसी महान कार्य का संकेत है। हमें इस काल का साक्षी बनना चाहिए।"

कश्यप के विचार से...प्रस्ताव से सहमत हो सब वहाँ रुक गये।

मूर्ति को ले जाने का प्रयास असफल रहा। सब थककर हार गये।

अब सप्तऋषियों ने एक स्वर में कहा, "दक्ष, ध्यान से सुनो! अब क्यों नहीं मान लेते कि मूर्ति का निर्माण दोषयुक्त है। वास्तव में हमारे विचार से यह अधूरी है। किसी भी अधूरी मूर्ति की स्थापना नहीं की जा सकती। इसीलिए यह मूर्ति आगे नहीं बढ़ रही है।"

"नहीं, मैं आप सबसे सहमत नहीं हूँ।" पिताश्री ने अहंकार भरे स्वर में कहा।

इस पर सब चुप हो गये।

मेरा कौतूहल, विस्मय और चिन्ता बढ़ती जा रही थी। मैंने देखा कि शिल्पकार चुपचाप एक कोने में खड़ा सब कुछ देख रहा था। वह बहुत भयभीत लग रहा था।

"क्या तुमने मूर्ति का निर्माण उसी प्रकार किया, जैसा कि तुमसे कहा गया था?" मैंने उससे पूछा।

"जी हाँ राजकुमारी जी," उसने धीरे स्वर में उत्तर दिया।

"तुम निश्चिन्त रहो, शिल्पकार! तुम्हें कुछ नहीं होगा," मैंने उसे आश्वासन देते हुए कहा।

"धन्यवाद, राजकुमारी जी," उसने कहा और फिर बोला, "आज प्रथम बार मेरे द्वारा निर्मित मूर्ति की स्थापना नहीं हो सकी। मुझे कुछ भी समझ में नहीं आ रहा है।"

पर मैं समझ गयी थी कि शिल्पकार से कोई चूक नहीं हुई थी। सारा दोष बनवाने वालों का था।

"दक्षराज! आप अपनी भूल को स्वीकार कर लें और इस मूर्ति को पूरा करवाएँ तो इसकी स्थापना हो जायेगी," ऋषि विश्वामित्र ने पिताश्री से कहा।

"नहीं ऋषिवर! मुझे आपका प्रस्ताव मान्य नहीं है।" फिर वह गर्वपूर्ण स्वर में बोले, "प्रजापति दक्ष एक सम्पूर्ण व्यक्तित्व है। उसे सारे नियमों की जानकारी है। अपने मार्ग में आने वाली सारी अड़चनों को वह अपनी मेधा से हल कर सकता है।" विश्वामित्र उन क्षणों में मेरे पिताश्री को एक विचित्र दृष्टि से देखने लगे। प्रजापति दक्ष ने फिर कहा, "सब ध्यान से सुनें। इस मूर्ति की स्थापना के लिए मैं नारायण की और पूजा करूँगा। मैं अब नारायण यज्ञ करूँगा।"

यह घोषणा सुनते ही वहाँ उपस्थित हर साधु, मुनि एवं ऋषिगण चिन्तित हो गये।

"प्रजापति दक्ष, यह कैसी घोषणा कर दी आपने! क्या नारायण यज्ञ का अर्थ समझते हैं आप?" एक ऋषि ने कहा।

"हाँ, समझता हूँ! पूरी तरह समझता हूँ।" पिताश्री ने कहा।

"आप नहीं समझते प्रजापति! यदि समझते तो यह विचार भी आपके मन में न जन्मता।"

इस पर वहाँ उपस्थित एक मुनि ने कहा, "इस यज्ञ के लिए अनेक नदियों का जल लाना पड़ेगा। एक सौ आठ तरह के पुष्पों की व्यवस्था करनी पड़ेगी। इनमें पारिजात पुष्पों का होना आवश्यक है।" मुनि कुछ क्षण रुककर सोचने लगे। "लेकिन मिलेंगे कहाँ पारिजात पुष्प, महान प्रजापति?" उन्होंने प्रश्न किया।

"मुनिवर! आप किसी प्रकार की चिन्ता न करें। मैं करूँगा हर सामग्री की व्यवस्था। पर किसी भी दशा में नारायण यज्ञ को मैं नहीं टालूँगा," प्रजापति ने दर्प से कहा।

मुझे लगा कि उस समय मेरे पास अच्छा अवसर था पिताश्री को प्रसन्न करने का। "पिताश्री, मुझे अवसर दीजिए सेवा करने का।" वह मेरी ओर देखने लगे। उनके नेत्रों में हँसी का भाव था। उसे देख मैंने दृढ़ स्वर में कहा, "मैं करूँगी पारिजात पुष्पों की व्यवस्था।"

उन्होंने हँसते हुए कहा, "सती, यह बच्चों का खेल नहीं है।" कुछ क्षण के मौन के पश्चात् वह बोले, "कितनी सुकोमल हो तुम! पारिजात के फूल घने जंगलों में मिलेंगे। मार्ग में अनेक कठिनाइयों का सामना भी करना पड़ेगा। अपनी प्रतिज्ञा को पूरा करने के लिए मैं अपनी प्यारी बिटिया को कष्ट नहीं दे सकता। इस राज्य में बहुत-से ऐसे व्यक्ति हैं जो इस कार्य को पूरा कर सकते हैं।"

इस पर मैं बोली, "पिताश्री, आख़िर हूँ तो मैं आपकी ही बेटी!"

"क्या कहना चाहती हो सती?"

"मैं क्या आपसे कम हठी हूँ!"

"पर कुछ अवसरों पर हठ उचित नहीं है।"

इस पर मैं बोली, "पिताश्री! आप कतई मेरी चिन्ता न करें।"

वह बीच में बोल पड़े, "क्यों न करूँ? क्या तुम्हें ऐसे ही निर्जन प्रदेश में भेज दूँ।"

तब मैंने कहा, "पिताश्री! मेरे संग मेरी बहनें भी तो जायेंगी। हम सब मिलकर किसी भी कठिनाई का सामना करने में सक्षम हैं। आख़िर हैं तो हम सब महान प्रजापति दक्ष की पुत्रियाँ!"

उन्हें मेरे इस कथन से बहुत आनन्द प्राप्त हुआ। वह बहुत मुग्ध भाव से मुझे देखते रहे। कुछ क्षणों के लिए एक मौन व्याप्त रहा।

"सती!" एक लम्बे अन्तराल के पश्चात् पिताश्री बोले।

"कहिए। क्या निर्णय है आपका, प्रजापति?"

इस पर वह हँस पड़े। मैं समझ गयी कि वे बहुत प्रसन्न थे उन क्षणों में।

"सती, तुम बहुत हठी हो। हमेशा अपनी मनमानी करती रहती हो," उन्होंने मन्द-मन्द मुस्कराते हुए कहा।

"इसके लिए भी आप ही दोषी हैं पिताश्री!"

"वो कैसे?"

"आपने हमेशी मेरी हर इच्छा पूरी की है इसीलिए।"

"अच्छा तो तुम यह कहना चाहती हो...कि मैंने तुम्हें हर प्रकार की स्वतन्त्रता देकर कुछ भूल की है?" उन क्षणों में पिताश्री के स्वर में एक विशेष कोमलता विद्यमान थी।

उन क्षणों में मैंने अपने भीतर तीव्र भावनाओं का संचार अनुभव किया। धीरे परन्तु स्पष्ट शब्दों में रुक-रुक मैंने कहा, "पिताश्री! मैं आपकी आभारी हूँ। आपका मेरे प्रति प्रेम और विश्वास मेरे जीवन का मुख्य सम्बल रहे हैं।"

पिताश्री के नेत्र आर्द्र हो गये। शायद उनके भीतर भावनाओं का एक प्रबल ज्वार उठ रहा था उन क्षणों में। एक दीर्घ चुप्पी तोड़ते हुए उन्होंने कहा, "सती! अब तुम अपनी बहनों के संग जाकर पुष्प-सामग्री की व्यवस्था करो। यह नितान्त आवश्यक है।"

5

हम सब बहनें घने जंगल की ओर चल पड़ी थीं। हमें एक सौ आठ प्रकार के फूलों को इकट्ठा करना था। हम सब बहनें मग्न हो पुष्पों को एकत्र करने लगी थीं। मैं अकेले ही एक तालाब की ओर बढ़ गयी थी। तभी कमल के पत्तों के बीच एक विचित्र-सी वस्तु दृष्टिगोचर हुई। मेरी बहनों ने मुझे जिस रुद्राक्ष के बारे में बताया था, वह वस्तु उससे मिल रही थी। मैंने चुपचाप उसे उठा लिया और आगे बढ़ गयी।

सहसा मैं ठिठककर रुक गयी। मेरे सामने अब था एक मनोहर, अकल्पनीय दृश्य। उस सुन्दर घाटी के पीछे थे पहाड़ : और उन पहाड़ों के ऊपर एक बड़ी-सी काली प्रतिमा—जो लिंग के आकार की थी। उन क्षणों में मुझे एक अजीब-सी अनुभूति हुई। एक दिव्य कोमलता का जन्म उस समय मेरे भीतर होता-सा लगा। मुझे लगा जैसे कि मैं और सबसे पूरी तरह अलग हूँ। कुछ क्षणों के लिए मैं स्वयं अपने को और अपनी बहनों को भूल गयी थी। मेरे मन में एक विराट भावना का संचार हो रहा था। मैं अपने सामने ध्यान से देखने लगी थी। तभी एक विस्मयकारी दृश्य मेरे सामने उपस्थित हुआ। अकसर जब हम खड़े होते हैं तो हमारी परछाईं हमें वैसे ही दिखती है, जैसे हम हैं। परन्तु मेरे उस विशाल काले पाषाण-खण्ड...जो लिंग के आकार में था, उसकी परछाईं में कोई पुरुष दिखाई दे रहा था। वो लिंग के आकार का न होकर एक योगी की तरह लग रहा था। उस परछाईं के ऊपर जटाएँ बँधी हुई थीं और हाथ में त्रिशूल था। मैं उसे जब निहारकर देखने लगी, तभी वह परछाईं शून्य में विलीन हो गयी।

मैं आगे बढ़ती गयी। उस घाटी को पार करते ही मुझे वन में कुछ गुफाएँ दिखाई दीं। वहाँ अनेक साधु बैठे हुए थे। कोई तप में लीन था और कोई त्रिशूल और डमरू की आराधना में लीन था। वहाँ मुझे एक असीम शान्ति का अनुभव होने लगा। जैसे ही सबकी दृष्टि मुझ पर पड़ी, वह खड़े होकर मुझे प्रणाम करने लगे।

"तपस्या को छोड़कर आप सब श्रद्धेय मुनिजन मुझे क्यों प्रणाम कर रहे हैं?" मैंने आश्चर्यचकित हो पूछा।

तभी एक वृद्ध ऋषि आगे आये और बहुत प्रेम व सम्मान के भाव से बोले, "ऋषि दधीचि के आश्रम में आपका स्वागत है।"

उन्हें प्रणाम कर मैंने कहा, "मैं अपनी दिशा भटककर यहाँ आ गयी हूँ। कृपया मुझे दिशा-बोध करायें।"

"दिशा भटककर ही तो तुम्हें दिशा प्राप्त होगी," तभी पीछे से किसी ने कहा।

मैंने पलटकर देखा। स्वयं ऋषि दधीचि मेरी ओर आ रहे थे। उनके सारे शरीर पर भस्म मली हुई थी और गले में थी रुद्राक्ष की माला। यहाँ तक कि अपनी जटा में भी उन्होंने वही माला लपेट रखी थी। उनके दीप्तिमान मुखमण्डल में एक सौम्य-सी मुस्कान थी।

"पुत्री! यहाँ इस भस्म को पोते साधुओं को देख तुम्हें आश्चर्य नहीं हो रहा है क्या?" उन्होंने किंचित हास्यपूर्ण स्वर में पूछा।

मैं बोली, "आपको मेरा प्रणाम ऋषिवर!"

ऋषि दधीचि मेरी विनम्रता से अत्यन्त प्रभावित हुए। फिर वह गम्भीर स्वर में बोले, "पुत्री! यह भस्म ही तो है जो हमें बताती है कि यह भस्म ही इस संसार का परम सत्य है। इसके आगे इस असार संसार में कुछ भी नहीं है। केवल यही हमें जगत की नश्वरता के प्रति हर पल जागरूक बनाती है। हम भी और यह संसार भी। यही हमें मोह से मुक्त कराने की क्षमता रखती है। केवल यही हमारे अज्ञान को नष्ट भी करती है।" वह कुछ क्षणों के लिए रुक गये और कुछ सोचने लगे। मैं मौन रहकर एकटक उनको निहारती रही। फिर अपने गले में पड़ी रुद्राक्ष की मालाओं की ओर इंगित कर वे बोले, "सती... पुत्री, यह रुद्राक्ष के बीज हैं। यह जीवन देते हैं और कभी नहीं मुर्झाते। वास्तव में ये बीज हमारी आत्मा की तरह हैं। जीवन के इसी सत्य को अपने पास हर पल रखते हैं, इन बीजों के रूप में। रुद्राक्ष के बीजों की यह माला सदा हमें दिव्यता का बोध कराती हैं।" वह फिर कुछ पल के लिए मौन हो गये। जब एक लम्बे अन्तराल के बाद वे फिर बोलने लगे, उनका स्वर बहुत गम्भीर हो गया था, "सच तो यह है कि यह भस्म और रुद्राक्ष की मालाएँ ही तो हम शिवभक्तों की वास्तविक पहचान है।"

"शिवभक्त?" मैंने पूछा।

इस पर ऋषि दधीचि ने कहा, "हाँ, देवी सती! हम सब शिवभक्त हैं। वही शिव जो सारे संसार के रचयिता हैं। पालनकर्ता हैं। दुष्टों के संहारकर्ता हैं। सारा

संसार उनको मानता है। केवल आपके पिता, प्रजापति दक्ष, उनके विरोधी हैं। उनके प्रति वैमनस्य रखते हैं।''

मैं अपने पिता की निन्दा सुनकर पाप की भागी नहीं बनना चाहती थी। यद्यपि मुझे अच्छी तरह मालूम था कि ऋषि दधीचि ने जो भी कहा था, वह सत्य था। लेकिन उस समय मैंने उस चर्चा को समाप्त करना ही ठीक समझा।

मैंने ऋषि दधीचि से कहा, ''मुझे अब जाना होगा। मेरी बहनें मुझे ढूँढ़ रही होंगी। मैं दिशा भटक गयी और वह वहाँ चिन्तित हो रही होंगी। अब अगर मैं शीघ्र उनके पास नहीं पहुँची तो वह सोचेंगी कि मैं किसी विपदा में पड़ गयी हूँ।''

परन्तु ऋषि दधीचि ने मुझे उस समय बहुत आश्चर्यचकित कर दिया, जब उन्होंने कहा, ''देवी सती! जिन पारिजात पुष्पों की खोज में आप निकली हैं, वे यही मिलेंगे।''

मैं आश्चर्य से भरकर उनकी ओर देखने लगी, ''क्या यह सम्भव है?''

''यही सत्य है देवी! आप मेरे संग वन में थोड़ा आगे बढ़ें।''

''ऋषिवर मैं आपसे कुछ पूछना चाहती हूँ।''

''पूछो, देवी सती!''

''क्या मेरा यहाँ आना पूर्व निश्चित था?''

वह हँसने लगे। जब मैं उनकी ओर देखने लगी तो वे बोले, ''भगवान शिव से क्या छिपा है बेटी? वह तो सब कुछ जानते हैं।''

''तो फिर उस मूर्ति का मन्दिर में स्थापित होना भी पूर्व निश्चित ही होगा ऋषिवर?'' मैंने प्रश्न किया।

उनका स्वर गम्भीर हो गया। वे बोले, ''देवी सती, उस मूर्ति का मन्दिर में पहुँचना भी पूर्व निश्चित है। तुम्हारे पिता द्वारा आयोजित नारायण यज्ञ भी।''

''ऐसा क्यों, ऋषिवर?'' मैंने दुखी स्वर में पूछा।

''यह उस महाशक्ति की इच्छा है।''

''क्या इसका शमन सम्भव है?''

''नहीं।''

वह फिर मुझे एक स्थान पर ले गये, जहाँ लिंग के आकार का एक विशालकाय पाषाण स्थित था। वह इतने निकट था कि मैं उसका स्पर्श कर सकती थी। उस स्थान की दिव्यता में बहुत आकर्षण था। मैं उस परिवेश की मनोहरता में कुछ क्षणों के लिए अपने को भूल-सी गयी थी।

तभी गम्भीर स्वर में ऋषि दधीचि ने निर्देश दिया, ''देवी सती! अपने नेत्रों को बन्द कर अपने पिता द्वारा निर्मित कराई गयी अधूरी नारायण की मूर्ति का

ध्यान करें तो आपको स्वतः पता चल जायेगा कि उस मूर्ति में क्या अधूरा है।"

थोड़े कौतूहल और विस्मय के भाव से मैं आगे बढ़ी। मेरे मन में सत्य को जानने की जिज्ञासा प्रबल हो गयी थी। मेरे हाथ का स्वतः उस पाषाण से स्पर्श हो गया। मुझे लगा एक बिजली-सी कौंध गयी। सिर से पाँव तक मैंने अपने भीतर एक प्रकाण्ड सिहरन को महसूस किया। उन दिव्य क्षणों का अनुभव मेरे सारे अर्न्तमन में समाहित हो रहा था। वह उस विराट चेतना का प्रवाह था जो मेरे समूचे व्यक्तित्व को एक व्यापक ऊर्जा से शिवमय बना रहा था। मेरी चेतना का विस्तार मेरे शिव ने कर दिया था और मैं समझ गयी थी अपने पिताश्री की अधूरी भक्ति के दोष को। शिव के बिना क्या और किसी देव की कल्पना की जा सकती है।

कई अवसरों पर मेरे पिताश्री, प्रजापति दक्ष, अपने को हर वस्तु का नियामक मान लेते थे। उनका सोचना था कि उनकी कार्य-प्रणाली सर्वश्रेष्ठ है और केवल उसी के द्वारा जगत का संचालन परिपूर्णता प्राप्त कर सकता था। पिताश्री ने कई बार जब भी उनको अवसर प्राप्त होता तो उन्होंने श्रेष्ठ ऋषि-मुनियों के समक्ष भी अपने महत्त्व को बढ़ा-चढ़ाकर प्रस्तुत करना अपना परम धर्म समझा। कभी-कभी मुझे लगता कि उनकी आत्मश्लाघा उनकी वैचारिक दृष्टि को धूमिल कर देती थी। उनको यह भी विचार नहीं आया कि विष्णु स्वयं शिव के आराधक हैं। जहाँ महादेव का सम्मान नहीं वहाँ, विष्णु कैसे प्रवेश कर सकते हैं। और कितनी अज्ञानता से भरी है दक्ष संहिता, जहाँ पिताश्री ने घोषित करने का प्रयास किया है कि वह शिव को भगवान नहीं मानते; उनकी उपस्थिति मात्र से सारा वातावरण दूषित हो जाता है।

कितने महिमामयी हैं मेरे आराध्य शिव। समय-समय पर परीक्षा तो उन्होंने केवल मनुष्य की ही नहीं देवताओं की भी ली है। शिव अपने भक्तों की हर प्रकार से रक्षा करते हैं। इसमें कोई विवाद नहीं है। स्वयं विष्णु भी इस बात से अनभिज्ञ नहीं थे। उन्हें यह भी भली-भाँति मालूम था कि शिवभक्त का वध केवल शिव की ही इच्छा से सम्भव है। कई असुर भी शिवभक्त रहे हैं। एक बार विष्णु ने शिवभक्त असुरों का संहार करने की सोची जिससे कि अन्य लोग उनके अत्याचारों से मुक्त हो जायें और साथ-ही-साथ पृथ्वी पर व्याप्त तमोगुणी शक्तियों के विनाश के संग ही पृथ्वी का भार भी कम हो जाये। शिव को प्रसन्न करने के लिए विष्णु ने कैलाश में अपना डेरा जमाया। हर रोज़ सहस्त्र नाम पाठ करते। हर एक हज़ार बार उनका नाम जपते और एक हज़ार कमल-पुष्पों को शिवलिंग पर चढ़ाते। एक दिन बच्चों की सी चंचलता दिखाते हुए शिव ने उन हज़ार कमल-पुष्पों में से एक पुष्प को ग़ायब कर दिया।

जब एक कमल कम पड़ गया तो विष्णु ने उसे चारों ओर ढूँढ़ने का प्रयास किया। अन्त में जब उन्हें कुछ नहीं सुझाई दिया तो उन्होंने कमल के समान अपने नेत्रों में से एक नेत्र भगवान शिव को अर्पित कर दिया। स्वयं महादेव ने ही एक बार विष्णु को कमलनयन कहा था। उस समय मेरे आराध्य भगवान शिव ने विष्णु को वह अमोघ शस्त्र—सुदर्शन चक्र प्रदान किया था। उसी चक्र द्वारा विष्णु ने सब शिवभक्त असुरों का संहार किया था।

एक अवसर पर जब मेरे पिताश्री, प्रजापति ने अपनी गरिमा का बखान करते हुए उपस्थित ऋषि-मुनियों को अपमानित कर दिया था, तब स्वयं शिव ने हस्तक्षेप कर प्रजापति को उनके अधिकारों और सीमाओं का बोध कराया।

मुझे अब भी स्मरण है कि स्वयं शिव ने अपने बारे में क्या कहा था : "मैं वैरागी हूँ। मुझे न सम्मान का मोह है, न अपमान का। इस संसार में न कोई अपना है, न कोई पराया। न किसी से कुछ लेना है, न किसी को कुछ देना है। मैं योगी हूँ। निःस्पृही। भोग का मेरे जीवन में कोई स्थान नहीं; क्योंकि भोग मनुष्य को स्वार्थी बनाता है। उसकी धर्म-बुद्धि को मलिन कर उसके उचित और अनुचित के निर्णय को भी क्षीण कर देता है। भोग से पुण्य का क्षय हो जाता है। मेरा धर्म पर विश्वास है। क्या है यह धर्म? एक दिव्य चेतना है यह। आध्यात्मिक विस्तार है मनुष्य का। लेकिन जब यह आडम्बर बन जाता है तो मनुष्य का सदाचार भी कदाचार में बदल जाता है; और जब यह पक्षपात का हिमायती बन जाता है तो मुझे उसका नाश करने के लिए आना पड़ता है।"

पिताश्री ने शायद अपने को अपमानित महसूस किया। बिना कुछ बोले वे वहाँ से चले गये। उनके साथ सभी लोग वहाँ से चले गये। मैं अब मन्दिर में अकेले रह गयी।

6

मन्दिर में मूर्ति की स्थापना हो चुकी थी। इससे मैं बहुत प्रसन्न थी। पर साथ-ही-साथ मेरा मन भी बहुत खिन्न था। मुझे लग रहा था कि पिताश्री मेरे व्यवहार से क्षुब्ध हो गये थे। शायद उनको लग रहा था कि जिस पुत्री को वह सबसे ज़्यादा प्रेम करते हैं, उसी ने उनके सम्मान का ध्यान न रखा। मैं भीतर-ही-भीतर पीड़ा का अनुभव कर रही थी। मुझे समझ में नहीं आ रहा था कि मैं कैसे अपने स्वयं के कक्ष में वापस लौटूँ। मुझे और लोगों का सामना करने में संकोच का अनुभव हो रहा था। मैं बार-बार माँ की नाराज़गी, पिताश्री के क्रोध और बहनों की निराशा के बारे में सोच रही थी। फिर मैंने अपने कक्ष में जाने का निर्णय ले ही लिया। मैं उस दिशा की ओर चल दी।

रास्ते में ख्याति दीदी ने मुझे रोक लिया। वह कुछ क्रुद्ध हो रही थीं। जब वह बोलीं, "सती! तुम ख़ुद को क्या समझने लगी हो?" मैंने उनकी ओर एक प्रश्नात्मक दृष्टि डाली। वह कुछ कटु स्वर में बोलीं, "पिताश्री तुम्हें सबसे अधिक प्रेम करते हैं और अब उनको उसका क्या प्रतिदान मिला?"

"अपनी बात को स्पष्ट करें दीदी," मैंने मन्द स्वर में कहा।

मेरी बात से वह भड़क गयीं और कुछ कठोर स्वर में बोलीं, "अब अनजान मत बनो सती! तुम कोई छोटी बच्ची नहीं हो।"

"नहीं दीदी! मैं सच कह रही हूँ। मुझे वास्तव में समझ नहीं आ रहा है कि आप किस बात का संकेत कर रही हैं।"

अब वह गरजकर कहने लगीं, "पिताश्री के प्रेम का यह अर्थ नहीं है कि तुम्हें हर प्रकार की छूट है और तुम जो करना चाहो कर सकती हो!"

"इसका क्या सन्दर्भ है यहाँ दीदी?" मैंने थोड़े-से ऊँचे स्वर में पूछा। "मुझे भी तो स्पष्ट होना चाहिए आपका मन्तव्य।"

"तो फिर आज सबके समक्ष तुमने पिताश्री का अपमान कर दिया?" ख्याति दीदी ने प्रश्न किया।

"किस दृष्टि से मैंने उनका अपमान किया है दीदी?"

"तुमने बिना पिताश्री की आज्ञा के शिवलिंग की स्थापना कर दी?"

"बस इतनी-सी बात से तुम रुष्ट हो गयी हो मेरी प्यारी दीदी!"

"क्या यह छोटी बात है?"

"तो क्या यह बहुत बड़ी बात है?"

"है।"

"कैसे?"

"पिताश्री का अपमान अक्षम्य अपराध है सती!"

"अगर मैं वहाँ शिवलिंग की स्थापना न करती तो मूर्ति का अन्दर प्रवेश सम्भव न होता, दीदी!" मैं कुछ क्षण तक मौन रहकर उनके मनोभावों को पढ़ने का प्रयास करने लगी। उनका चेहरा स्पष्ट रूप से क्रोधित लग रहा था। फिर उस दीर्घ मौन को तोड़ते हुए मैंने कहा, "यदि मैं ऐसा न करती तो पिताश्री का कितना अपमान होता! मैंने उनको उस अपमान से बचाने के लिए वह शिवलिंग वहाँ स्थापित किया।"

वह मेरी बात सुनकर बहुत क्रोधित हो गयीं। फिर वह तेज़ स्वर में बोलीं, "पिताश्री की विचारधारा का अपमान करके तुमने स्वयं उनका अपमान कर दिया है सती! पीठ पीछे लोग उन पर हँस रहे होंगे। किसी-न-किसी रूप में वह लोगों के समक्ष उपहास का पात्र बन ही गये हैं।"

"मुझे आपकी बात से बहुत वेदना हो रही है दीदी! आप इस प्रकार की बातें न कहें।" मैंने ख्याति दीदी से कहा।

"क्यों न कहूँ?" उन्होंने उत्तेजित हो ऊँचे स्वर में कहा, "मैं पिताश्री के अपमान पर बहुत क्षुब्ध हूँ।"

सारी बहनें निराश थीं। माँ भी बहुत मर्माहत लग रही थीं। उन सबके मध्य मैं एकदम नितान्त अकेली अनुभव कर रही थी। यद्यपि मैं पूरी तरह मर्माहत थी पर मुझे समझने के लिए वहाँ कोई भी तैयार नहीं था। स्वयं मुझे पिताश्री के समक्ष जाने का साहस नहीं रह गया था। जिस तरह क्रोधित हो वह मन्दिर से बाहर निकल आये थे, उसके बाद तो कतई नहीं।

अपने कक्ष के एकान्त में मैं अपनी स्थिति पर विचार करने लगी। सहसा मुझे विचार आया कि मेरी जटिल समस्याओं का निवाराण मेरे आराध्य शिव ही करेंगे। मन-ही-मन मैं कब से उनको अपना मान चुकी थी। मेरे उस वरण में

एक गहनतम प्रेम विद्यमान था। उसका रूप बहुत सूक्ष्म था और उसको पार्थिव आँखों से देखा भी नहीं जा सकता था। अपने शिव...रुद्र का स्मरण करते ही मैंने अगाध शान्ति का अनुभव किया। उस निविड़ मानसिक अन्धकार में भी मुझे एक ज्योति के अस्तित्व का आभास होने लगा था उन बहुमूल्य क्षणों में। मैंने दर्पण में देखा कि मेरा निस्तेज चेहरा एक बार फिर खिल उठा था।

मैं अपने कक्ष से निकलकर बाहर आ गयी और फिर धीरे-धीरे चलकर माँ के कक्ष तक पहुँच गयी।

"कौन है?" मेरी पग-ध्वनि सुनकर माँ ने पूछा।

"मैं हूँ, माँ!"

"कौन, सती? क्या चाहती हो पुत्री?"

"माँ! मैं आपसे कुछ बात करना चाहती हूँ।"

"कहो।" उनका स्वर मन्द था। उनका चेहरा भी निस्तेज लग रहा था।

"माँ, तुम दुखी हो न?"

"अवश्य हूँ।"

"मैंने तुम्हें दुख पहुँचाया है न माँ?"

"अब क्यों पूछ रही हो यह सब सती! जो अनर्थ होना था, वह हो चुका है।"

"क्या इसका निराकरण सम्भव नहीं है?"

"वह कैसे?" माँ ने पूछा।

"मैं बड़ा लज्जित अनुभव कर रही हूँ माँ! मैंने सब कुछ अच्छे भाव से किया था। मुझे इस विपरीत परिणाम की ज़रा भी आशंका न थी," मैंने माँ के गले से लिपटते हुए कहा।

उस क्षण संवेगों के आवेग में हम दोनों रोने लगे थे।

"सती! अब चुप हो जा पुत्री," माँ ने मुझे ज़ोर से अपने अंक में भरकर अत्यन्त कोमल स्वर में कहा।

"माँ! तुम मुझे पिताश्री के पास ले चलो। मैं उनसे क्षमा माँगूँगी। तभी मेरा मन भी शान्त होगा। इस समय मैं भीतर-ही-भीतर बहुत व्याकुल हूँ।"

मेरे मन की व्यथा को समझते हुए माँ ने अत्यन्त कोमलता से मेरे सिर को सहलाया। उन क्षणों में जिस आत्मीयता और माधुर्य का बोध मुझे माँ के उस प्रेम भरे स्पर्श में हुआ, उसका वर्णन शब्दों में सम्भव नहीं है।

"चल सती! मैं तुझे तेरे पिताश्री के पास ले चलती हूँ। मुझे लगता है कि इस समय तेरे द्वारा ही उनके मन की व्याकुलता का निराकरण सम्भव है।"

हम दोनों प्रजापति दक्ष के उस विशाल कक्ष की ओर चल पड़े थे, जहाँ वह

अपने एकान्त के क्षण व्यतीत करते थे। मैंने देखा कि वे मौन हो एक सिंहासन पर बैठे हुए थे। उनके मन की व्यथा का संकेत उनके चेहरे की मलिनता में स्पष्ट झलक रहा था। माँ मुझे लेकर उनके सम्मुख पहुँच गयी थी। वह मौन हो हमारी ओर देखने लगे थे।

"सती आपसे कुछ कहना चाहती है स्वामी," माँ ने धीमे स्वर में कहा।

"क्या कहना है सती को अब?" पिताश्री ने सपाट और गम्भीर स्वर में पूछा।

"वह स्वयं कहेगी," माँ ने कहा।

मैं कुछ समय तक पिताश्री के मुखमण्डल पर आने वाले भावों को पढ़ती रही। मैं अच्छी तरह जानती थी कि वह अपनी भावनाओं को छुपा नहीं पाते थे। मैं समझ गयी थी कि मेरी थोड़ी-सी अपराध-स्वीकृति उनकी सारी कठोरता को द्रवित कर देने के लिए काफ़ी थी।

"पिताश्री!" मैंने रुँधे कंठ से कहा।

"क्या है पुत्री?" कहो।

"मैं आपकी अपराधी हूँ।"

"वो कैसे?"

"मेरे कारण आपके सम्मान को क्षति पहुँची है..." मेरा कंठ रुँध गया था।

पिताश्री का गौर एवं उन्नत भाव एक बार फिर दर्प और आत्म-गरिमा के बोध से कान्तिमय हो गया था। यह देख मैं मन-ही-मन बहुत प्रसन्न हो गयी।

"सती!"

"जी पिताश्री!"

"हमें सदैव वर्तमान के बारे में सोचना चाहिए क्योंकि हमारे भविष्य की नींव इसी पर खड़ी होती है। बीते हुए समय को याद कर रोने-कलपने से मनुष्य को कोई लाभ नहीं होता। सच तो यह है कि वह हमारे वर्तमान को भी नष्ट कर देता।" फिर कुछ क्षणों के मौन के बाद वह बोले, "तुम भी अब बीते समय को लेकर दुखी मत होओ सती!"

अपने पिताश्री एवं माताश्री के उन क्षणों के आनन्द भाव से मुझे असीम सुख का अनुभव हो रहा था। सच तो यह कि परिवार का सुख हर मनुष्य के लिए आवश्यक है। जिन माता-पिता को अपने बच्चे द्वारा अपमानित एवं प्रताड़ित होना पड़ता है, वह भीतर-ही-भीतर टूटकर हीन भावना से ग्रस्त हो अपनी सम्पूर्ण गरिमा को खो देते हैं। अब मैं समझ गयी थी कि अब मेरा पुत्री धर्म का निर्वाह करने का समय आ गया है।

"पिताश्री!"

"कहो पुत्री! व्याकुल क्यों दिख रही हो? क्या अपने पिताश्री को नहीं बताओगी?"

इस पर एकटक उनको निहारते हुए मैंने कहा, "पिताश्री! मैं अपने अपराध का प्रायश्चित्त करना चाहती हूँ।"

"प्रायश्चित्त करना चाहती हो? तुम किस अपराध की बात कर रही हो सती?"

"आपको दुख पहुँचाने का!"

"मैं अब दुखी नहीं हूँ।"

"पर थे तो ना!"

"उसे स्मरण मत करो सती!"

"मैं असमर्थ हूँ।"

"प्रयास करके तो देखो।"

"मेरा आपसे कुछ अनुरोध है पिताश्री!"

"पिताश्री से कैसा संकोच है सती! कहो, क्या कहना चाहती हो?"

"आप मेरे लिए दण्ड का निर्धारण करें।"

"तुम किस बात के लिए अब अपने को दण्डित करवाना चाहती हो?"

"कि मैं एक पुत्री के दायित्व का निर्वहन न कर सकी।"

"लेकिन मैंने तुम्हें हृदय से क्षमा कर दिया है।"

"मैं आपसे कुछ और भी कहना चाहती हूँ," मैंने बहुत मन्द स्वर में कहा।

इस पर कुछ हँसकर पिताश्री बोले, "तुम अपनी भावनाओं के परे जाकर सोचो पुत्री!"

मेरे स्वर गें एक रुदन था जब मैं बोली, "पिताश्री! आप प्रजापति दक्ष हैं। इस जगत के संचालन के नियामक हैं। आपकी न्याय-प्रणाली भावनाओं से नहीं चलती। वह एक नैतिक दायित्व से जुड़ी और बद्ध है।"

मुझे बीच में ही रोककर पिताश्री बोले, "पुत्री! अब तुम स्पष्ट करो कि तुम चाहती क्या हो मुझसे?"

"पिताश्री! आप मुझे दण्ड दें।"

"तुम्हें किस बात का दण्ड चाहिए, सती?"

"आपके जिस नियम की मैंने अवहेलना की और जिसके विपरीत मैंने कार्य किया।"

"परन्तु मैंने तो तुम्हें कब का क्षमा भी कर दिया है, पुत्री!"

"मुझे क्षमादान नहीं चाहिए पिताश्री!"

"तो फिर तुम्हें क्या चाहिए पुत्री?"

“दण्ड!”

“नहीं दे सकता।”

“क्यों नहीं दे सकते?”

“राजा विवश नहीं होता है। सब कुछ उसकी इच्छानुसार होता है। सच तो यह है कि पूर्णरूपेण मुक्त व्यक्ति ही राजा होता है,” पिताश्री ने उच्च स्वर में कहा।

“नहीं पिताश्री! आप पूर्णरूपेण स्वतन्त्र नहीं हैं?”

“कैसे सिद्ध करोगी तुम इसे?”

“आपको राजधर्म की याद दिलाकर।”

“राजधर्म?”

“हाँ, राजधर्म!”

“क्या है तुम्हारी दृष्टि में राजधर्म?”

“न्याय-प्रणाली को भावनाओं से अलग करना ही परम राजधर्म है,” मैंने कहा।

“सती!”

“हाँ, पिताजी!”

“तुम्हें क्षमादान नहीं चाहिए क्या?”

“नहीं!”

“तो फिर ठीक है तुम्हें दण्ड मिलना ही चाहिए।”

“कोई भी दण्ड मिले पिताश्री, मैं उसको स्वीकार करूँगी।”

“लेकिन तुम्हें दण्ड किस अपराध का मिले?”

“मैं स्पष्ट करती हूँ।”

“करो।”

“मुझे शिवलिंग को स्थापित करने का दण्ड नहीं चाहिए। क्योंकि शिव के प्रति मेरा अनुराग छिपाने की मुझे आवश्यकता नहीं है। पर मैंने पिता के विपरीत जाने का अक्षम्य अपराध किया है। उनके सम्मान को क्षति पहुँचाई है और अब मैं दण्डित होके उसका प्रायश्चित्त करना चाहती हूँ।”

इस पर पिताश्री बोले, “ठीक है पुत्री, अब मैं तुम्हारी बात समझ गया हूँ। मैं तुम्हें आश्वस्त करता हूँ कि तुम्हें अवश्य दण्ड मिलेगा।” कुछ क्षणों तक वह मौन रहे और फिर बोले, “मैंने तुम्हारे लिए दण्ड भी तय कर लिया है।”

“मेरे लिए जो दण्ड आप निर्धारित करेंगे, मैं उसे हृदय से स्वीकार कर लूँगी, पिताश्री!” मैंने अत्यन्त विनीत भाव से कहा।

पिताश्री मेरे आग्रह के सामने पूरी तरह नतमस्तक हो गये। दण्ड निर्धारित करते हुए उन्होंने कहा, “सती, दण्डस्वरूप सात दिनों तक तुम किसी प्रकार का

खाद्य पदार्थ ग्रहण नहीं करोगी।" इसके बाद न्यायकर्ता प्रजापति दक्ष कुछ क्षणों के लिए मौन होकर कुछ विचार करने लगे। एक अन्तराल के बाद उनका गम्भीर स्वर फिर गूँज उठा, "साथ ही एक लाख कमल के पत्तों पर तुम्हें विष्णु का नाम भी लिखना होगा। एक बात और भी है।" हम सब उनकी ओर देखने लगे। वह इस समय पूरी तरह तटस्थ लग रहे थे। उनका स्वर एक बार फिर प्रतिध्वनित हुआ, "साथ ही तुम्हें अपने मन से उस अघोरी शिव का ध्यान भी अपनी सम्पूर्ण निष्ठा से त्यागना होगा। सती, मेरी पुत्री होने के नाते तुम्हारे लिए शिव से किसी प्रकार का सम्बन्ध वर्जित है।"

इस कठोर घोषणा के पश्चात् पिताश्री मौन हो मेरी ओर देखने लगे। मेरा चेहरा उस समय पूरी तरह भावशून्य हो गया था। मैं मन-ही-मन यह जान गयी थी कि यह सब मेरे आराध्य की लीला का एक भाग था। मन-ही-मन मैंने भी ठान लिया था कि उस समय मेरा लक्ष्य था केवल अपने पिताश्री के प्रति अपनी अगाध निष्ठा का पालन। शायद शिव की इच्छा थी कि मैं अपने परिवार की शान्ति को नष्ट करने का निमित्त न बन जाऊँ। मन-ही-मन मुझे बोध हो रहा था प्रेम के एक पवित्र एवं निश्छल रूप का।

प्रेम अपने में एक यज्ञ है। इसकी व्यापकता को समझने वाले सांसारिकता के परे चले जाते हैं। इससे उनके भीतर एक अपूर्व शक्ति का संचार होता है और वे वैमनस्य एवं हिंसा के भावों को त्यागकर वायवीय जगत में प्रवेश कर जाते हैं। सच तो यह है कि प्रेम एक आन्तरिक प्रक्षालन भी पैदा करता है। मुझे समझ में आ गया था कि प्रेम विरक्ति एवं विपासना का ही सर्वश्रेष्ठ रूप है। एक सम्पूर्ण एवं स्वयम्भू इकाई है। यह एक विराट एवं मोहक संगीत है। प्रेम वह सम्बल है जिसके द्वारा हर प्रकार की कठिनाई और विरोध को जीता जा सकता है।

...कोई भ्रम मन में नहीं रह गया था मेरे। प्रायश्चित्त का मार्ग तय हो चुका था। मुझे मिला दण्ड स्पष्ट था। कोई शंका या व्यथा मन में शेष नहीं रह गयी थी। सिर्फ़ एक संकल्प को पूर्णता तक पहुँचाना था।

माँ की शंका को दूर करते हुए मैंने तब कहा था, "माँ! मैं दक्ष-पुत्री हूँ। आप मेरी चिन्ता त्याग दें। मैं इस दण्ड को भोगने में सक्षम हूँ।"

माँ का कोमल मन नहीं माना। उन्होंने कहा, "सात दिन तक तुम किस प्रकार बिना अन्न के रह लोगी पुत्री! चलो, मैं तुम्हारे पिताश्री से पुनः निवेदन कर दण्ड में कुछ कमी करवाती हूँ।"

इस पर मैंने कहा, "माँ, तुम इसका प्रयास भी न करना। पिताश्री न्यायशास्त्र को पूरी तरह समझते हैं। वह उसके उत्तम प्रणेता हैं। उनसे किसी प्रकार की छूट

की याचना करना उनके निर्णय पर शंका करना ही माना जायेगा।''

माँ को मेरा तर्क भा गया। वह बोलीं, ''सती! मैं तुम्हारी बुद्धि की प्रशंसा करती हूँ। मुझे गर्व है कि तुम मेरी बेटी हो। तुमने मेरे जीवन को धन्य कर दिया है।'' इतना कहने के पश्चात् वह कुछ क्षण मौन रहीं और प्रेमपूर्वक मेरे चेहरे का अवलोकन करने लगीं।

''तुम जीवन में सदा धर्मचेत्ता रहो सती! यह मेरा तुम्हें आशीर्वाद है,'' माँ ने बहुत कोमल स्वर में कहा।

प्रेमी माँ प्रसूति, मनु एवं शतरूपा की पुत्री थीं। परन्तु वह बहुत कोमल एवं उदात्त व्यक्तित्व की स्वामिनी थीं। वह एक आदर्श पत्नी थीं। प्रजापति दक्ष की वह पूरी तरह अनुगामिनी थीं। उनके और पिताश्री के स्वभाव एक-दूसरे के पूरक थे। पिताश्री का स्वभाव उग्र था परन्तु माँ का एकदम शान्त एवं स्थिर। पिताश्री में अहंकार का पुट भी था; परन्तु माँ थीं विनम्रता की मूर्ति। इतने विपरीत चरित्र होते हुए भी उन दोनों का वैवाहिक जीवन काफ़ी सफल रहा है।

...सप्त ऋषियों में से एक महर्षि भृगु मेरे जीजा थे। वह ज्योतिष विद्या के संस्थापक थे। उन्हें अपनी विद्या से आने वाली घटनाओं का पूर्ण भास हो जाता था। शायद उन्होंने मेरे भविष्य को पहले से जान लिया था। आने वाली घटनाओं के पूर्वानुमान ने उन्हें चिन्ता में डाल दिया था। अतः कुण्डली के दोष-निवारण का वह हर सम्भव प्रयास कर रहे थे। उनकी आस्था और निष्ठा प्रजापति दक्ष के संग जो थी।

...मेरा पश्चात्ताप शुरू होने वाला था। मेरी बहनें मुझे सहयोग देकर अपने दायित्व का निर्वाह करना चाहती थीं। मैंने इसकी हामी नहीं भरी। माँ की भी इच्छा थी कि मैं सबका सहयोग एक लाख पुष्पों को एकत्र करने में लूँ। मुझे यह विचार नहीं भाया और मैंने इसका विरोध किया। माँ और मेरी बहनें समझ गयी थीं कि मैं अपनी बात पर अटल रहूँगी। मेरे हठी स्वभाव से वे पूरी तरह परिचित थीं। फिर भी मेरे कुशल की चिन्ता से व्याकुल हो वह बार-बार प्रयास करने लगीं। परन्तु मैं टस-से-मस नहीं हुई।

''आप सब मेरी बात को ध्यान से सुनें। इन सब बातों का मुझ पर कोई प्रभाव नहीं पड़ना है। सारे कमल के पत्ते मैं स्वयं एकत्र करूँगी।'' मैंने कुछ उच्च स्वर में घोषणा की।

''सती, मैं केवल तुम्हारे कष्ट के विषय में सोच रही हूँ। इसके कारण मुझे बहुत चिन्ता हो रही है,'' माँ ने दुखी स्वर में कहा।

बड़े सुन्दर थे वह क्षण। वह एक अत्यन्त प्रेमपूर्ण पारिवारिक प्रेम एवं आदर्श

परम्परा के प्रतीक थे। कितना सुन्दर वातावरण होता है उस परिवार में, जिसमें उसके बड़े सदस्य छोटे सदस्यों के प्रति अगाध प्रेमभाव रखते हैं और उनकी सुरक्षा को लेकर उनकी चिन्ता भी करते हैं। उनकी हर आवश्यकता को यथासम्भव पूरा करने की इच्छा रखते हैं...चेष्टा करते हैं। एक परिवार जहाँ छोटे सदस्य बड़ों को आदरभाव से देखते हैं और उनकी इच्छाओं का विरोध नहीं करते हैं। यथाशक्ति उनका पालन भी करते हैं। मैं काफ़ी देर तक अपने ही उन विचारों से जूझती रही।

''माँ, मुझे अब किसी प्रकार का आदेश देकर दुर्बल मत बनाओ! मैं आपके प्रति बहुत आदरभाव रखती हूँ। आपसे अगाध प्रेम करती हूँ।'' मैं कुछ क्षणों के लिए मौन हो गयी थी। मुझे समझ में नहीं आ रहा था कि किस प्रकार माँ के उद्वेलित मन को शान्त करूँ। काफ़ी विचार करने के बाद मैंने कहा, ''आपका मेरे ऊपर जो अटूट विश्वास है, वह मेरे जीन का आधार है...सम्बल है। माँ! मेरा निवेदन है कि उसे न तोड़ें।''

...पश्चात्ताप की प्रक्रिया शुरू होने वाली थी। दृढ़ मन से मैं अपने कक्ष से बाहर निकली थी। मेरा मन पूरी तरह स्थिर था। शायद यह मेरे संकल्प की शक्ति के प्रभाव से ही सम्भव हुआ था। मेरी बहनें बाहर खड़ी थीं और मेरी प्रतीक्षा कर रही थीं। उस क्षण मुझे मन-ही-मन अच्छा लग रहा था। मैंने अपने भीतर एक नयी ऊर्जा का अनुभव किया था।

''सती! चलो हम सब पुष्प एकत्र करने चलें,'' रोहिणी दीदी ने प्रस्ताव रखा था।

वहाँ अनेक दासियाँ भी खड़ी थीं।

''यह सब क्या है?'' मैंने अपनी बहनों की ओर देखते हुए पूछा था।

''क्यों—पुष्प नहीं प्राप्त करने हैं?'' अदिति दीदी ने अधिकारपूर्ण स्वर में पूछा।

''परन्तु यह कार्य तो मुझे अकेले पूर्ण करना है, आप सब क्यों?''

''तुम बहुत हठी हो सती!'' रोहिणी दीदी ने उलाहना भरे स्वर में कहा।

''कैसे?''

''अब अगर हम सब तुम्हारे संग चलते भी हैं तो तुम्हें क्या कष्ट है?'' अदिति दीदी ने कुछ रुष्ट भाव से पूछा।

''यह मेरे प्रायश्चित्त के प्रभाव को कम नहीं कर देगा क्या?''

''नहीं,'' रोहिणी दीदी बोलीं।

''क्यों नहीं!''

''क्योंकि हम सब एक हैं,'' अदिति दीदी ने कहा।

''पर अपने-अपने कर्म का भोग तो एक वैयक्तिक वस्तु है...कर्मफल,'' मैंने तर्क प्रस्तुत करते हुए कहा।

मेरी बहनों के मुखमण्डल मलिन हो गये थे। वह एक-दूसरे की ओर देखने लगीं। उन्हें समझ में नहीं आ रहा था मेरे तर्क का प्रत्युत्तर।

"सती! यह कैसा हठ है? पहले तुम पिताश्री से दण्ड माँगने का हठ करने लगी। अब कमल-पत्रों को लेकर भी तुम्हारा यह हठ मुझे समझ में नहीं आ रहा है।" ख्याति दीदी ने कहा।

और उसी क्षण रोहिणी दीदी ने कहा, "और तुम्हारे पास समय ही कितना है! ...मात्र एक सप्ताह!" वह कुछ क्षणों तक मुझे निहारती हुई बोलीं, "पूरे समय निराहार रहकर किस प्रकार तुम एक लाख कमल-पत्र एकत्र कर लोगी?"

इतने में माँ वहाँ आ गयीं। उन्होंने सारी बातें सुन ली थीं। फिर मेरा बचाव करते हुए उन्होंने कहा, "सती ठीक कह रही है। यह इसका अपना स्वयं का भोग है और इसे इसको स्वयं भुगतना पड़ेगा।" वह कुछ क्षणों के लिए मौन हो गयी थीं। उनके चेहरे पर यद्यपि एक मूक पीड़ा का भाव स्पष्ट दृष्टिगोचर हो रहा था। फिर एक दीर्घ अन्तराल को भंग करते हुए वह बोली थीं, "और एक क्षण के लिए भी इसे मत भूलना कि यह प्रजापति दक्ष की पुत्री है। इसका प्रायश्चित्त यज्ञ स्वयं यह सम्पूर्ण कर लेगी। हमें केवल इसकी सुरक्षा की मंगल कामना करनी चाहिए। मैं इसकी सफलता को लेकर आश्वस्त हूँ।"

...सुबह-सुबह मैं निराहार नंगे पाँव निकल पड़ी थी अपनी दो दासियों के संग। मैं निर्जल उस कठोर तपती धूप को सहन कर रही थी। उस समय केवल मेरे संकल्प की शक्ति थी जो मुझे निरन्तर प्रेरित कर रही थी कि मैं अपने निश्चय को दुर्बल न होने दूँ। उस समय मेरा मन पिताश्री की न्यायप्रियता और धर्मबुद्धि के प्रति अपार श्रद्धा से आप्लावित हो गया था। यह उनका धर्मज्ञान ही था कि उन्होंने महलों में रहने वाली एक सुकोमल राजकन्या को भी एक कठोर दण्ड देने में किसी प्रकार का संकोच नहीं किया था। कैसी विराट थी वह धर्मचेतना? आज एक राजकन्या भी निकल पड़ी थी अकेले अपने लक्ष्य को प्राप्त करने।

...मेरी बहनों ने मेरी सहायता के लिए आसपास के फूल पहले ही सेविकाओं से एकत्रित करवा लिये थे। शायद नियति और ईश्वर की इच्छा थी कि मुझे वह पुष्प आसानी से न प्राप्त हों। उनको प्राप्त करने के लिए मैं और आगे वन में बढ़ गयी थी। आज लगभग सारे जलाशयों में कमल नहीं मिले। शाम निकट थी। मेरी दासियाँ भी बुरी तरह थक गयी थीं। वह मुझसे वापस चलने का आग्रह करने लगीं। मैंने उन्हें वापस भेज दिया। मैं फिर कमल-पुष्पों की खोज में आगे बढ़ गयी।

पिताश्री के सैनिक शिल्पकारों को पकड़कर दरबार ले आये थे। प्रजापति

ने उन शिल्पकारों को दण्डित करने का मन बना लिया था। विष्णु की मूर्ति के सन्दर्भ में पिताजी ने उन सबको ही दोषी मान लिया था। वह सब पिताश्री को अपने निर्दोष होने की दुहाई देते रहे पर उन्होंने उन कलाकारों को अपने राज्य से निष्कासन का आदेश दे दिया।

बड़ा दारुण दृश्य था। लेकिन प्रजापति दक्ष पर इसका कोई प्रभाव नहीं पड़ा। उनकी दृष्टि में उन शिल्पकारों ने एक अक्षम्य अपराध किया। अतः निर्धारित दण्ड बिल्कुल उचित था और उसे किसी भी हाल में निरस्त नहीं किया जा सकता था।

अब यह सब चल ही रहा था कि ऋषि दधीचि कुछ अन्य ऋषियों के संग वहाँ डमरू बजाते पहुँच गये। वह सब जय महादेव के नारे लगाने लगे। इससे पिताश्री और कुपित हो गये। उन्हें समझ में नहीं आ रहा था कि क्या करें।

"यह क्या ऋषिवर! आप बिना निमन्त्रण एवं बिना बुलाये यहाँ आ गये।" पिताश्री ने कुछ क्रोधित स्वर में पूछा। फिर कुछ क्षणों तक मौन रहने के बाद उन्होंने कहा, "आपने अपने आगमन की सूचना देना भी उचित न समझा।" एक विद्रूप-सी मुस्कराहट के संग वह कहने लगे, "क्यों आपके पास और कोई काम नहीं है?"

"नहीं!" दधीचि ने संक्षिप्त-सा उत्तर दिया और पिताश्री को एक विचित्र-सी दृष्टि से देखते हुए बोले, "महादेव के परे क्या हो सकता है प्रजापति दक्ष?"

ऋषि दधीचि और पिताश्री के बीच संवाद को रोहिणी दीदी ने मुझे बताया था।

पिताश्री और कुपित हो गये थे। कुछ उपहास भरे स्वर में उन्होंने ऋषि से कहा, "वर्तमान समय में शिवभक्तों के पास काम ही कहाँ रहा? कौन बुलाता है उनको अब अपने यहाँ?" कुछ क्षणों के लिए पिताश्री मौन हो गये थे। वह और तिक्त शब्दों की तलाश शायद मन-ही-मन कर रहे थे। फिर एक लम्बे अन्तराल के पश्चात् वह बोले, "यही तो कारण है कि आज उस अघोरी शिव के भक्त लज्जाविहीन हो गये हैं और बिना बुलाये किसी के भी यहाँ पहुँचकर आतिथ्य की कामना करते हैं। उन्हें उचित-अनुचित का बोध ही कहाँ रह गया है अब ऋषिवर!"

ऋषि दधीचि को न तो क्रोध आया और न ही उन्होंने अपने को आहत अनुभव किया। "इन निर्दोष शिल्पकारों को आप क्यों दण्डित कर रहे हैं प्रजापति?" उन्होंने पिताश्री से पूछा।

"मैं उत्तर देना आवश्यक नहीं समझता! फिर आपको इससे क्या लेना-देना?"

"है।"

"कैसे? आप न्यायाधिकारी हैं क्या? या आप एक नरेश हैं?"

इस पर ऋषि दधीचि गम्भीर स्वर में बोले, "जहाँ कहीं किसी लाचार, असहाय व्यक्ति के संग अत्याचार हो रहा हो, वहाँ किसी भी शिवभक्त को निमन्त्रण की आवश्यकता नहीं है प्रजापति! एक सच्चे शिवप्रेमी एवं शिवभक्त के नाते ही मैं इस समय आपके समक्ष उपस्थित हुआ हूँ।"

इस पर अत्यन्त कुपित स्वर में पिताश्री बोले, "ऋषिवर! कृपया मेरे शिष्टाचार की परीक्षा न लें।"

दधीचि ने पिताश्री की चेतावनी को अनसुनी करते हुए कहा, "महान प्रजापति दक्ष! यह आप कैसी बात कर रहे हैं? किस दृष्टि से यह शिल्पकार दोषी सिद्ध होते हैं?"

"यह बताने के लिए मैं प्रतिबद्ध नहीं हूँ।"

"पर मैं कारण जानने के लिए कटिबद्ध हूँ?"

"प्रजापति दक्ष हर प्रकार से मुक्त हैं।"

"यह आपका भ्रम है।"

"कैसे?"

"कोई भी शासक प्रजा को रुष्ट कर गौरव प्राप्त नहीं कर सकता नरेश!"

"मुझे उपदेश न दें।"

"यह कतई उपदेश नहीं है।"

"है?"

"नहीं है।"

"हठधर्मी न बनें प्रजापति! सत्ता बड़ी छली होती है। इसके मद में चूर होने का अर्थ है कि अन्धकार के गर्त में गिर जाना," ऋषि दधीचि ने शान्त स्वर में कहा।

पिताश्री उन क्षणों में पूरी तरह निरुत्तर हो गये थे। फिर कुछ समय के बाद वह ऋषि दधीचि की ओर देखते हुए बोले, "मेरे आकलन में शिवभक्त अराजक हैं। कदाचारी हैं। शिष्टाचार भी उनसे कोषों दूर है। आये भी कैसे? किसी नियम-बन्धनों से बँधना तो यह लोग जानते ही नहीं। अगर मैंने अपनी पुत्री सती को दण्ड दिया है तो मैं इन्हें भी दण्डित कर सकता हूँ। अब इनकी सज़ा निर्धारित हो चुकी है और इन्हें उसे भुगतना ही पड़ेगा। कृपया आप हस्तक्षेप न करें। यही मेरा आपसे विनम्र निवेदन है।"

इस पर ऋषि दधीचि ने कहा, "ठीक है महान प्रजापति! आज मैं इन्हें आश्रय प्रदान करूँगा। लेकिन कहीं दण्ड देते-देते आप अपनी सारी प्रजा से ही हाथ न धो बैठें।"

"क्या कहना चाहते हैं आप?"

"यह कि कहीं आप अकेले न पड़ जायें।"

तभी पिताश्री ने दरबार में घोषणा कर दी, "जो मेरे बनाये नियमों का पालन नहीं करना चाहते हैं, वह इन अघोरियों के संग जाने के लिए स्वतन्त्र हैं।"

"नहीं प्रजापति! हम सब आपके संग रहना चाहते हैं," सबने समवेत स्वर में उत्तर दिया।

इस पर ऋषि दधीचि ने एक मन्द मुस्कान के संग कहा, "देखी आपने अपनी लोकप्रियता, प्रजापति!"

ऋषि दधीचि डमरू बजाते हुए और हर-हर महादेव का जयकारा करते हुए वहाँ से चले गये थे।

...मैं वापस लौट आयी थी। मैंने अकेले उन कमल-पुष्पों का भार अपने कन्धों पर उठाया। पूरे दुर्गम वन प्रदेश में मैं अकेले घूमी थी। मैं थककर चूर-चूर हो गयी थी। मेरे पैर लहूलुहान हो गये। उस समय मुझे उस पीड़ा का लेशमात्र अनुभव नहीं हुआ। मेरा लक्ष्य ही उस समय मेरे लिए सर्वोपरि था। परन्तु जैसे मैं महल के निकट वापस आयी, मुझे भूख और प्यास का अनुभव होने लगा था। मेरी चेतना धूमिल पड़ने लगी थी। किसी तरह मैं अपने बोझ के संग अपने कक्ष तक पहुँच गयी थी। और फिर मुझे लगा था कि मेरे आसपास की दीवारें और बैठने के सिंहासन तथा अलंकरण की वस्तुएँ, सारे द्वार एवं गवाक्ष गोल-गोल क्षिप्र गति से घूमने लगे। मुझे लगा जैसे वह महाशून्य में अत्यन्त तीव्र गति से परिचालित होते हुए विलुप्त हो रहे थे। उस वृत्ताकार संचालन को कौन नियन्त्रित कर रहा था? मुझे समझ में नहीं आ रहा था कि कौन-सी शक्ति उन सबके पीछे कार्य कर रही थी। मेरे सामने डमरू, त्रिशूल और रुद्राक्ष को धारण किये मेरे आराध्य का स्वरूप अवतरित होने लगा था। मैंने अपनी सम्पूर्ण चेतना का प्रक्षालन कर उस छवि के विचार को अपने मन से दूर हटाकर अपने पिताश्री के प्रति अपनी निष्ठा को प्रथम स्थान दिया।

मैं सोचने लगी थी कि कितना कठिन है एक नारी के लिए अपने प्रेम की तिलांजलि देना। यह समाज भी कितना निष्ठुर होता है। यह क्षण-प्रतिक्षण स्त्री को निष्ठुरता से अकेले भावनाओं की प्रतिबद्धता से कुचल देना चाहता है। यह उसे हर प्रकार से अर्थहीन वर्जनाओं की अर्गला में जकड़ लेना चाहता है। इतनी बुरी तरह की अपनी इच्छा से टस-से-मस भी न हो पाये। यह सब सोचते हुए कब मेरी चेतना विलुप्त हो गयी, मुझे पता ही नहीं चला।

जब मेरी मूर्च्छा हटी तो मैंने अपनी कुछ बहनों, माँ और सेविकाओं को

अपने पास बैठे देखा। उनके चेहरों पर चिन्ता की रेखाएँ स्पष्ट दिखीं। मैंने उस समय अपने भीतर एक गहरी-सी मिठास का अनुभव किया था। उनके प्रेम की अभिव्यक्ति उनके नेत्रों में उतर आयी थी। मैंने सहसा अपने भीतर एक अभिनव ऊर्जा का अनुभव किया। मेरी सारी शक्ति वापस आ गयी थी और थकान पूरी तरह मिट चुकी थी।

"कैसी हो सती?" माँ ने बहुत प्रेमपूर्ण स्वर में पूछा था।

"तुम अपना बहुत कम ध्यान रखती हो!" अदिति दीदी ने कहा।

"आओ, मैं तुम्हें सहारा देकर बैठा दूँ। तब विस्तार से हम सबको अपने आज के अनुभव के बारे में बताना।"

वह मुझे सहारा देने के लिए झुकीं।

"रुक जाओ ख्याति," ठीक उसी समय पिताश्री का गम्भीर स्वर गूँज उठा।

ख्याति दीदी ठिठककर रुक गयीं, "जी पिताश्री!"

"यह क्या अनर्थ करने जा रही थीं तुम?"

"मैं कुछ समझी नहीं पिताश्री!"

इस पर पिताश्री बोले, "तुम्हें तो मालूम ही है कि इस समय सती वचनबद्ध है और प्रायश्चित्त कर रही है। इसे अपने दण्ड का बोझ स्वयं उठाना है। इसकी सहायता कर तुम क्यों इसे धर्मच्युत कर अधर्म की राह पर ले जाना चाहती हो?"

"पिताश्री!"

"बोलो ख्याति!"

"मैं हम सबकी ओर से आपसे कुछ निवेदन करना चाहती हूँ।"

"ठीक है। कहो, क्या कहना चाहती हो?"

"सती इतना कष्ट कैसे उठा पायेगी?"

इस पर पिताश्री बोले, "पुत्री, मैं इन सब कठिनाइयों पर ध्यान नहीं देता। मैं सिर्फ़ नियम को ही समझता हूँ। प्रजापति दक्ष की न्यायप्रियता का आदर सम्पूर्ण जगत करता है।"

इस पर अदिति दीदी बोल पड़ीं, "पिताश्री! क्या जीवन में कोमल मानवीय भावों का कोई स्थान नहीं है?"

"है।" पिताश्री ने कहा।

"तो फिर सती से ही क्यों इतना कठिन प्रायश्चित्त कराया जा रहा है?"

पिताश्री हँसने लगे। और फिर सबकी ओर देखते हुए बोले, "मैं भी सती से कम प्रेम नहीं करता। लेकिन..."

"लेकिन क्या स्वामी?" माँ ने पूछा।

"प्रसूति!"

"स्वामी!"

"मैं कठोर और भावनाशून्य पिता नहीं हूँ।"

"मैंने कब ऐसा कहा स्वामी?"

"शायद तुम्हारे मन में यह भाव विद्यमान हो?"

"नहीं है।"

"सती का कष्ट मुझसे नहीं देखा जा रहा है।"

"प्रसूति! मैं तुमसे कुछ कहना चाहता हूँ।"

"जी स्वामी!"

"तुम्हें पूरा अधिकार है कि तुम हमेशा अपनी सन्तान के बारे सोचो। वह कुछ क्षणों के लिए रुक गये और फिर बोले, "परन्तु साथ-ही-साथ तुम्हें अपने पति के सम्मान का भी ध्यान रखना होगा।"

"आपका सम्मान मेरे लिए सर्वोपरि है स्वामी!" माँ ने पिताश्री से कहा।

मैं आँखें बन्द किये सब कुछ सुन रही थी। फिर मैंने अपनी आँखें खोल लीं।

"पिताश्री!" मैंने मन्द स्वर में कहा।

"क्या है पुत्री?"

"मैं कुछ कहना चाहती हूँ।"

"कहो, मैं सुन रहा हूँ। मैं भी एक बात कहना चाहता हूँ।"

"आपकी हर आज्ञा शिरोधार्य है पिताश्री!"

उनका चेहरा प्रसन्नता से दीप्त हो गया। वह अत्यन्त प्रेमपूर्ण स्वर में बोले, "मेरा तुम्हारे प्रति जो प्रेम है, उसको लेकर तुम्हारे मन में कोई शंका है क्या?"

"नहीं, ऐसा सोचना भी मेरे लिए पाप होगा। आपकी पुत्री का आपके प्रति प्रकाण्ड आदर का भाव है।"

"मैं धन्य हुआ पुत्री!" फिर कुछ क्षण रुककर वह बोले, "मुझे गर्व है कि तुम इस दण्ड को इतने सहज ढंग से निभा रही हो। मुझे पूरा विश्वास है कि तुम अपनी इस कठोर परीक्षा में सफल रहोगी।"

पिताश्री के शब्दों से मुझे बहुत बल मिला था। मैं समझ गयी थी कि पिताश्री को मेरी क्षमता पर पूर्ण विश्वास था और उन क्षणों में मुझे लग रहा था कि वह मन-ही-मन मेरी सफलता की इच्छा भी रखते थे।

उनका हाथ पकड़ मैं बोल पड़ी, "पिताश्री! मैं आपसे कुछ और भी कहना चाहती हूँ।"

"ठीक है पुत्री! कहो।"

“नियमों और राजधर्म के प्रति आपकी अपार निष्ठा मुझे प्रेरणा देती है।”

पिताश्री का चेहरा कान्तिमय हो गया था। कुछ सोचते हुए उन्होंने कहा, “पुत्री! आज मैं तुमसे कुछ कहना चाहता हूँ।” मैं उनकी ओर देखने लगी थी। उन्होंने आहिस्ता से मेरे सिर पर अपना हाथ फेरा। फिर उन्होंने कहा, “पुत्री! राजधर्म का पालन समाज की उन्नति में बहुत महत्त्वपूर्ण योगदान देते हैं। एक राजा के...प्रजापालक के रूप में पूरी निष्ठा के संग आज मैं कहता हूँ कि राजधर्म और न्याय से जुड़े विधानों में किसी प्रकार की गजनिभिलिका का अनुसरण समाज एवं समष्टि के ह्रास का कारण बनता है।”

...मुझे वह क्षण भी याद आ गया था जबकि पारिजात के पुष्प गिरकर बिखर गये थे। मैं लड़खड़ा गयी थी और उनको सँभाल न सकी थी। मैं उनको समेटने लगी थी। मुझे याद आ गये ऋषि दधीचि के शब्द—आपका संकल्प पूरा होगा।

दादू ब्रह्मा को भी पिताश्री का कृत्य बिल्कुल उचित नहीं लग रहा था। उन्हें अहर्निश यह स्मरण था कि किस तरह शिव ने उनके पाँचवें मुख को काटकर उनके दर्प को रौंद दिया था। और शायद वह अब अपने पुत्र, प्रजापति दक्ष, मेरे पिताश्री के अहंकार को लेकर चिन्तित थे। पिता दक्ष अपने को सारी सृष्टि का नियामक जो मानने लगे थे। उनकी दृष्टि में वह सारे जगत के पालनहार थे।

पर कौन जा सकता है नियति के विरुद्ध। दक्ष-संहिता के परे थे मेरे आराध्य शिव। और यही बात पिताश्री की समझ के परे थी। शिव सर्वश्रेष्ठ जीवन-प्रणाली एवं योग के स्रष्टा थे। उनके आराध्य पूर्ण स्वतन्त्रता का अनुभव करते हुए किसी भी रीति से शिव की आराधना कर सकते थे। विधि-विधान का पूर्णतः भौतिक एवं व्यापक रूप ही शिव की आराधना का मूल था। वह भला किस प्रकार दक्ष-संहिता के दायरे में बँध सकते थे। और मैंने उस महायोगी, परमविरक्त शिव को अपना सब कुछ मान लिया था। उनके साहचर्य की कामना ही मेरे जीवन की परम लालसा थी। पर नियति ने अपना खेल रच दिया था। मेरा जन्म ही इसलिए हुआ था कि मैं उस परमवीतराग, महायोगी शिव को गृहस्थ आश्रम में ले आऊँ और इस सृष्टि के हित को परम सुरक्षा दूँ।

...मुझे विश्राम की आवश्यकता थी। बुरी तरह थक गयी थी मैं। मुझे मालूम था कि मेरे आराध्य शिव किसी संहिता या नियमों से बद्ध नहीं थे। क्या था इनका कारण? सत्य तो यह है कि वह ही सम्पूर्ण सृष्टि के नियामक हैं। उनके औघड़ स्वरूप के सौन्दर्य को समझना सबके लिए सम्भव ही नहीं है। मुझे अपने अन्तरतम से यह बोध था कि मेरा जन्म वीतराग, महायोगी, सृष्टिकर्ता को गृहस्थ आश्रम की ओर उन्मुख करने के लिए ही हुआ था।

मैं क्लान्त अपने कक्ष में लेटी हुई थी। मैं कब सो गयी, मुझे पता ही नहीं चला। उसी समय मुझे लगा कि मैं सहसा किसी और प्रदेश में पहुँच गयी थी। मेरे आसपास कोमल, मन्द समीर का प्रवाह होने लगा था। वातावरण का अद्भुत लावण्य मेरे समस्त व्यक्तित्व में एक मृदुलता उत्पन्न कर रहा था। मुझे लगा कि जो कुछ भी मेरे संग उन क्षणों में घटित हो रहा था, वह एक दिव्यता लिये हुए था। मुझे लगा कि मैं वह सब यथार्थ में अनुभव कर रही थी। वह किसी प्रकार का भ्रम या परा चेतना नहीं थी। तभी सब कुछ मुझे स्पष्ट रूप में दृष्टिगोचर होने लगा था। मेरे आराध्य योगमुद्रा में ध्यानस्थ थे। हिमपात हो रहा था। ऐसा लगता था, जैसे शिव ने उस हिम की भस्म अपने शरीर पर लगा रखी थी। उनका विराट एवं दिव्य शरीर उस धवलता को सुन्दर बना रहा था।

मैं उनके उस दिव्य रूप के अवलोकन में पूरी तरह खो गयी थी। मुझे कुछ भी बोध न रहा था।

"सती!" किसी ने मुझे पुकारा।

"कौन?"

"मैं हूँ। इधर देखो!"

"आप?"

"हाँ, मैं!" वह कुछ क्षणों के लिए मौन हो गये थे। मुझे कुछ क्षणों तक प्रेमपूर्वक निहारते हुए उन्होंने कहा, "तुम इतना आश्चर्य क्यों कर रही हो?"

शिव को निहारते हुए मैंने कहा, "यह कैसे सम्भव है?"

"इस चराचर में कुछ भी असम्भव नहीं है सती!"

"मुझे तो कुछ भी समझ में नहीं आ रहा है कि मेरे संग यह सब क्या घटित हो रहा है।" मैंने उनकी ओर देखते हुए कहा।

उनका मेरे प्रति अपार प्रेम उनकी दृष्टि में झलक पड़ा। कुछ सोचते हुए उन्होंने कहा, "क्या तुम्हें यहाँ का परिवेश नहीं भा रहा है?"

"मुझे तो यहाँ बहुत अच्छा लग रहा है।" मैं कुछ क्षण चुप रहने के पश्चात्, सोचते हुए बोल पड़ी, "मेरा मन कर रहा है कि मैं यहाँ से वापस ही न जाऊँ।"

"यहाँ तुम दुखी हो जाओगी सती!"

"नहीं होऊँगी।"

"इतना निश्चित तुम कैसे हो सकती हो?"

"मैं अपने मन को समझती हूँ।"

"क्या है तुम्हारे मन में जो तुम्हें इतनी दृढ़ता प्रदान करता है?"

इस पर मैंने कहा, "आप अनुमान लगाने का प्रयास करें।"

"तुम यहाँ नहीं रह पाओगी।"

"क्यों नहीं रह पाऊँगी?"

"इतने वैभव में रहने वाली एक कोमल राजकन्या कैसे इतने नीरस एवं कठोर परिवेश में रह सकेगी?" शिव ने कहा।

मैं हँसने लगी। "आप एकदम भोले हैं," मैंने कहा।

"वो कैसे?"

"प्रेम परम पावन शक्ति है। इसके लिए राजकन्या भी सब कुछ त्याग सकती है," मैंने उनकी ओर देखते हुए कहा।

वह अपने आसन से उठ खड़े हुए और फिर कहने लगे, "आओ सती! मेरे संग नृत्य करो।"

मैं अचकचा उठी। मैंने कहा, "मैं आपके संग कैसे नृत्य कर सकती हूँ?"

"क्यों नहीं कर सकती?" उन्होंने पूछा।

"आपके नृत्य-कौशल को तो समस्त चराचर मानता है। और मुझे कहाँ आता है नृत्य करना," मैंने मन्द स्वर में कहा।

शिव भी हँस पड़े थे। फिर वह बोले, "मैं अच्छी तरह जानता हूँ कि तुम्हारा नृत्य-कौशल भी किसी से कम नहीं है।"

इस पर मैंने कहा, "आपको कैसे ज्ञान है कि मुझे भी नृत्य-कला आती है?"

इस मेरे आराध्य ने परिहास करते हुए कहा, "ठीक कह रही हो सती! किसी के कोई भी कौशल का अनुमान लगाना किसी भी प्रकार उचित नहीं है।" वह कुछ क्षणों के लिए चुप हो गये। मैं उनकी ओर भ्रमित हो देखने लगी। "इसका निर्णय तो केवल नृत्य करने के बाद ही किया जा सकता है," उन्होंने और अधिक परिहासपूर्ण स्वर में कहा।

मैंने उनकी ओर देखा। वह बहुत प्रसन्नचित्त लग रहे थे। उन क्षणों में उनका सौन्दर्य अत्यन्त मोहक लग रहा था। उनके विशाल नेत्रों में एक विशेष आकर्षण था। ऐसा लगता था कि उनके उन नेत्रों में सारी सृष्टि समाहित थी। उनकी लम्बी काली जटाएँ एक प्रकाण्ड भव्यता लिये हुए थीं। मैं मुग्ध भाव से उनकी वह छवि अपने मन में समा लेना चाहती थी। उनका गौर वर्ण, उन्नत ललाट, भाल में धारण किया चन्द्र एवं भुजंग की माला, त्रिशूल, डमरू और रुद्राक्ष का हार उनकी शोभा को कई गुना बढ़ाकर उनकी विराट दिव्यता का कुछ अनुमान दूसरे को देता था। परन्तु सारे जगत में उनके सम्पूर्ण स्वरूप को समझने की क्षमता हर किसी में नहीं थी। पर मुझे लगा मैं उनके पूरे स्वरूप को समझने में सक्षम थी। मैंने भी शायद मन-ही-मन ठान लिया था कि योगी को गृहस्थ बनाकर ही

छोड़ूँगी। मुझे शायद इस सत्य का भी बोध था कि शिव और शक्ति के मिलन के बिना चराचर का सुचारु संचालन सम्भव ही नहीं था।

"आइये, मैं भी आपके संग नृत्य करना चाहती हूँ।" मैंने पूरे भाव से कहा।

उन्होंने अपना हाथ मेरी ओर बढ़ा दिया। उनके हाथों के स्पर्श मात्र से मैंने अपने भीतर एक अभिनव ऊर्जा का संचार अनुभव किया।

नटराज शिव के संग नृत्य करते मैं अपने को पूरी तरह भूल गयी थी। उनके थिरकते पाँवों की ध्वनि के संग मैं अपने पाँवों को मिला रही थी। उनकी लास्य मुद्रा के संग मैं अपनी लास्य मुद्रा का तादात्म्य स्थापित कर रही थी।

सारी रात्रि शिव और मैं नृत्य करते रहे। सारी सृष्टि शायद हमारे नाचते... थिरकते पाँवों की ध्वनि से गूँज रही थी। सारे वातावरण में एक व्यापक मौन छा गया था। उन क्षणों में मुझे ऐसा प्रतीत हो रहा था, जैसे शिव के स्पर्श मात्र से मेरे भीतर एक पावनता प्रवाहित होने लगी थी। प्रेम के उस व्यापक मिलन में मुझे सृष्टि के कल्याण का भी बोध निरन्तर हो रहा था। कितने सजीव थे वह क्षण। पहले सब कुछ एक धुन्ध में आवेष्टित था। पर धीरे-धीरे वह धुन्ध और भ्रम की स्थिति तिरोहित हो गयी थी। जो आकृति पहले अस्पष्ट थी, अब मैं उसे पूरी तरह देख पा रही थी। उस आकृति का आधा भाग नर और आधा भाग नारी का था।

पहले तो मुझे वह एक पहेली-सा लगा था। लेकिन फिर मैं समझ गयी थी कि वह अर्धनारीश्वर का रूप था। मुझे पूरी तरह समझ में आ गया था कि विश्वात्मकता की दृष्टि से हर पुरुष में एक नारी विद्यमान रहती है और हर नारी में एक पुरुष। वास्तव में शिव का अर्धनारीश्वर स्वरूप शिव और शक्ति की एकात्मकता को स्थापित करता है। शायद उस रात्रि मैं एक दिव्य प्रभाव से एक दिव्य लोक में संचालित होती रही।

...और फिर प्रातःकाल मैं उस स्थिति से बाहर आ गयी। आँख खुलने पर भी मुझे नहीं लगा था कि जो कुछ भी मैंने अनुभव किया था, उसका कोई भी अस्तित्व नहीं था। मुझे लगा था कि जो कुछ भी रात्रि गें मेरे संग घटित हुआ था, वह पूरी तरह मेरे जीवन में घटित हुआ था। मैंने निश्चित रूप से अपने आराध्य के संग सारी रात नृत्य किया था। उनके स्पर्श की वह कोमलता अब भी मुझे महसूस हो रही थी। मैं समझ गयी थी कि नियति अपना कार्य कर रही थी। मुझे यह भी समझ आ गया था कि शिव मुझे अब अपना बनाकर गृहस्थ को स्वीकार करने के लिए तैयार थे।

...मैंने अपने मन की स्थिति और विचार को किसी को भी बताना उचित नहीं समझा था। फिर भी न जाने मुझे ऐसा क्यों लग रहा था कि अदिति दीदी का मन मुझे लेकर कुछ शंकित हो रहा था। मुझे कोई शंका नहीं थी कि मैंने जो कुछ भी अनुभव किया था, वह कोई स्वप्न नहीं था। वह एक वास्तविक अनुभव था और केवल मेरे आराध्य शिव की लीला का ही एक भाग था।

...कमल-पुष्पों को प्राप्त करना कोई सरल कार्य नहीं था। मेरे हाथ-पाँव लहूलुहान हो गये थे। जिस प्रकार कष्ट झेलकर मैं अपने दण्ड को भोग रही थी, उससे सभी दुखी लग रहे थे। शायद मेरी वह दशा देखकर पिताश्री को भी लग रहा था कि उन्होंने ग़लत निर्णय ले लिया था। मुझे यह जानकर बड़ा कष्ट हुआ कि वह भी मेरे कारण भोजन नहीं ले रहे थे।

एक दिन जब मैं कमल-पुष्पों की तलाश में एक सरोवर के पास पहुँची तो मैंने वहाँ कुछ भीड़-सी देखी। उनका सामान मैंने बैलगाड़ियों में लदा देखा।

"देवी सती! आपने मुझे पहचाना?" उनमें से एक ने मुझसे पूछा।

मैंने केवल इतना कहा, "कृपया मुझे अपना परिचय देने का कष्ट करें।"

इस पर वह व्यक्ति बोला, "देवी! मैं वही शिल्पकार हूँ जिसने आपको वह शिवलिंग दिया था।"

मुझे बहुत आश्चर्य हुआ, "लेकिन आप सब लोग अपने परिवार के संग कहाँ जा रहे हैं?"

इस पर वह शिल्पकार बोला, "वास्तव में प्रजापति दक्ष ने हमको अपने राज्य से बाहर निकाल दिया है।"

"क्यों निकाल दिया?"

"मैंने आपको शिवलिंग दिया था। स्मरण है आपको?" शिल्पकार ने मुझसे पूछा। फिर कुछ क्षण मौन रहने के बाद वह बोला, "इसी कारण प्रजापति ने कुपित होकर हमें देश-निकाला दिया है।"

मुझे समझ में नहीं आया कि मैं क्या कहूँ। फिर भी मैंने अत्यन्त दुखी स्वर में कहा, "मैं आप सबकी क्षमाप्रार्थी हूँ। मेरे ही कारण आप यह कष्ट झेल रहे हैं।"

इस पर उस शिल्पकार ने अत्यन्त विनम्रता से कहा, "देवी सती! आप हमारी इस स्थिति के लिए अपने को किसी प्रकार भी दोषी न मानें।"

तब मैंने कहा, "क्यों न मानूँ अपने को आपका अपराधी? जो कुछ भी आज आप झेल रहे हैं, उसके पीछे मैं ही तो मूल कारण हूँ।"

तब वह शिल्पकार बोला, "देवी सती! मैं कोई बड़ा ज्ञानी तो नहीं हूँ पर

इतना मैं अच्छी तरह जानता हूँ कि हर व्यक्ति का अपना प्रारब्ध होता है। उसे हर व्यक्ति को भोगना पड़ता है।''

''भगवान आपकी हर पल रक्षा करता रहे,'' मैंने उससे कहा।

मैं उनकी उस दशा को देखकर बहुत दुखी हो गयी थी। जाते-जाते उस शिल्पकार ने मुझे बताया था कि कैसे मैं एक सरोवर से अनगिनत कमल के फूल प्राप्त कर सकती थी। जो मार्ग उन्होंने वहाँ पहुँचने का बताया था, वह अत्यन्त कठिन था।

...पिताश्री द्वारा रचित संहिता में केवल विष्णु की पूजा का विधान दिया गया था। शिव की पूजा का उसमें कोई विधान नहीं था। मुझे पिताश्री एवं देव-ऋषि नारद के बीच हुए वार्तालाप का स्मरण हो आया था। यद्यपि दोनों एक ही पिता की सन्तान थे, परन्तु दोनों के स्वभाव और क्रियाकलाप एक-दूसरे से सर्वथा विपरीत थे।

ऋषि नारद ने पिताश्री से पूछ ही लिया था, ''आपने अपनी दक्ष-संहिता में शिवपूजा को निषेध घोषित कर दिया है! क्या आप शिव से भयभीत हैं?''

इस पर पिताश्री ने कहा था, ''तुमने ठीक सुना है। मेरे राज्य में शिव के लिए कोई स्थान नहीं है। चाहो तो तुम उनको स्वयं वहाँ जाकर इस विषय में बता दो। मैं उनसे ज़रा भी भयभीत नहीं हूँ।''

रास्ते में मेरी भेंट ऋषि नारद से हो गयी थी।

''कहाँ से आ रही हो सती?'' उन्होंने पूछा।

''पिताश्री ने मुझे एक लाख कमल-पुष्पों पर नारायण का नाम लिखने को कहा है। मैं उन पुष्पों की तलाश में गयी थी,'' मैंने कहा।

''इतना कठिन पश्चात्ताप करवा रहे हैं तुमसे। निश्चय ही तुमसे कोई बड़ा अपराध हुआ होगा?'' उन्होंने मुझसे कहा। मैं चुपचाप मगर बिना कुछ बोले उनकी ओर देखने लगी थी। वह फिर बोले, ''मेरा तुम्हें नमन एवं हृदय से आशीर्वाद है।''

''किस बात का नमन आप मुझे बोल रहे हैं ऋषिवर!'' मैंने कहा।

इस पर वह मुस्कराकर बोले, ''मैंने सुना है कि विष्णु-मूर्ति की स्थापना के समय तुमने साक्षात् महादेव को यहीं बुलवा लिया था।''

''उसी भूल का अब मैं यह पश्चात्ताप कर रही हूँ ऋषिवर!'' वह मेरी ओर देखने लगे। ''मुझे ऐसा नहीं करना चाहिए था,'' मैंने अपनी बात पूरी करते हुए कहा।

उनके मुखमण्डल पर एक विचित्र-सी मुस्कराहट आयी। मुझे ग़ौर से निहारते

हुए वह बोले थे, ''वह तो योगी के वेश में रहते हैं हमेशा। भला कैसे एक राजकुमारी उनके प्रेम में सब कुछ भूल सकती है...त्याग सकती है।''

''आपको यह सब नहीं कहना चाहिए उनके प्रति ऋषिवर,'' मैंने किंचित आक्रोश से कहा।

मेरी बात सुनकर उनके चेहरे पर एक बड़ी-सी मुस्कराहट आ गयी थी। फिर उन्होंने कहा था, ''कुछ भी कहो सती! और किसी भी प्रकार की वेशभूषा में भी शिव बहुत सुन्दर और मनोहारी लगते हैं।''

मैं भीतर-ही-भीतर बहुत प्रसन्न हुई थी। फिर भी मैंने उस प्रसंग को विराम देना ही उचित समझा था। उनको प्रणाम कर मैंने उनसे अपने जाने की आज्ञा माँगी थी।

...प्रजापति दक्ष को प्रसन्न करना ही उस समय मेरा परम लक्ष्य था। मैं उनके सम्मुख सिद्ध करना चाहती थी कि उनकी पुत्री उनके सम्मान की रक्षा के लिए किसी भी सीमा तक जा सकती थी। पिताश्री ने कुछ भी खाने-पीने से मना कर रखा था। मेरी भूख-प्यास भी बन्द हो चुकी थी। मैंने विष्णु का नाम लिखना चालू रखा था। मैं पिताजी को उनके दुख से मुक्त करने की प्रबल कामना लिये हुए सब कष्टों को चुपचाप सहन कर रही थी।

ऋषि नारद ने संकेत-ही-संकेत में मुझे स्पष्ट कर दिया था कि मेरी अन्तिम राह कैलाश में ही जाकर समाप्त होती थी। स्वयं मैं भी मन-ही-मन पूर्णरूपेण आश्वस्त थी।

...एक क्षण ऐसा भी आया कि विष्णु का नाम लिखते-लिखते मैं निढाल होकर गिर पड़ी थी। पर उस मूर्च्छित अवस्था में भी मुझे बोध हुआ था उन महायोगी की नृत्य-मुद्रा, उनके हाथ का वह मनोहारी त्रिशूल, उनकी मृगछाल ओढ़ी हुई वह मनोहारी छवि एवं उनके सम्मोहित विराट तथा अद्वितीय डमरू का सम्मोहित कर देने वाला वह गम्भीर निनाद। ऐसा प्रतीत होता था, जैसे समस्त चराचर डमरू की उस ध्वनि से गुंजायमान हो रहा था। उन क्षणों में मुझे प्रतीत हुआ कि समस्त चराचर शिवमय हो गया था।

...मैं घबराकर उठ बैठी थी। 'क्यों नहीं मैं मुक्त हो पा रही हूँ शिव के ध्यान से। क्या मैं अनजाने में पिताश्री का निरादर तो नहीं कर रही हूँ।' मैंने मन-ही-मन सोचा। 'क्या चाहती है यह प्रकृति मुझसे? क्यों मैं...'

...घने बादल छाये हुए थे। बारिश की सम्भावना बनी हुई थी। मैं निकल पड़ी थी कमल-पुष्पों की तलाश में। मैं अकेले ही निकल पड़ी थी वन प्रदेश की ओर। मूसलाधार बारिश शुरू हो गयी थी। मेघ बार-बार भयंकर गर्जना कर रहे थे। आकाश में भयानक रूप से बिजली कौंध रही थी।

...मेरी अनुपस्थिति का बोध होते ही सब चिन्तित हो गये थे। अदिति दीदी और ख्याति दीदी मेरी तलाश में अन्य दासियों के संग निकल पड़ी थीं। मुझे मेरे लौट आने पर बताया गया था।

...मैं पहुँच गयी थी उस पर्वत के पास, जहाँ पर मेरे आराध्य शिव तपस्या करते थे। तभी डमरू का वह निनाद मेरे कानों में पड़ा था।

तब मैंने रुदन करते हुए कहा था, "क्यों कर रहे हो मेरे साथ यह सब? क्या बिगाड़ा है मैंने तुम्हारा? क्यों नहीं मैं सोच पाती हूँ किसी और के बारे में? किस प्रकार से तुम मेरे जीवन को नियन्त्रित कर रहे हो? तुम्हें मालूम भी है कि जब से तुम मेरे जीवन में आये हो, मैं जीना ही भूल गयी हूँ।" मेरा रुदन और तीव्र हो गया। "अब मैं तुम्हें पूरी तरह अपने जीवन से बाहर कर दूँगी? तुम्हें मुझे और मेरे पिताश्री, दोनों को सम्मान देना पड़ेगा। देखो, किस तरह मैं यह सब सह रही हूँ। तुम्हें यह समझना ही पड़ेगा कि मुझे और मेरे पिताजी को हराकर तुम विजेता नहीं बन पाओगे।"

मैं शायद अचेत हो गिर पड़ी थी। जब मेरी मूर्च्छा हटी तो मैं अपने शयन-कक्ष में थी। मेरी बहनें मुझे उठाकर घर ले आयी थीं। वह पिताश्री से मेरे विषय में बात करना चाहती थीं। मैंने उन्हें इसके लिए मना किया था। मैं प्रायश्चित्त पूरा करना चाहती थी। वह मान तो गयी थीं; परन्तु उन्होंने भी मुझसे वचन ले लिया था कि भविष्य में मैं अकेले वन की ओर नहीं जाऊँगी।

...मोरपंख से मैं विष्णु का नाम लिखती चली गयी थी। बीच-बीच में मैं जब गवाक्ष से आकाश की ओर देखती तो मुझे वह दिखाई पड़ते थे।

...सब कुछ अस्त-व्यस्त-सा लगने लगा था। सब मेरी चिन्ता करते रहते। आख़िर तंग आकर मैंने अपने कक्ष का द्वार बन्द कर लिया था। और सबको सूचित कर दिया था कि अपना कार्य सम्पन्न करने के उपरान्त ही मैं कक्ष से बाहर आऊँगी।

सब कुछ भूलकर मैं विष्णु का नाम लिख रही थी। अन्त में मेरा कार्य पूर्ण हुआ और मैं कक्ष का द्वार खोलकर बाहर आ गयी थी। यद्यपि मैं बहुत दुर्बलता का अनुभव कर रही थी और मेरी आवाज़ भी क्षीण हो चली थी, मेरा मुखमण्डल शायद चमक रहा था। इस बीच मैं पूरी तरह निस्तेज रही थी। न ही मुझे खाने-पीने की सुधि रही थी। अपने कक्ष में बन्द हो, मैं अपने हाथ में हुए छालों से भी अनभिज्ञ थी। बस केवल मुझे एक ही बात का बोध रह गया था कि मुझे विष्णु का नाम लिखना था।

...मेरे मुखमण्डल की उस आभा को देखते ही सब समझ गये थे कि मैंने निर्धारित लक्ष्य को निर्धारित समय में पूर्ण कर अपना प्रायश्चित्त पूरा कर लिया था।

“आओ पुत्री, आओ! मेरे अंक के भीतर आओ!” माँ ने अत्यन्त कोमल एवं प्रेमपूर्ण स्वर में मुझसे कहा था।

मेरी आँखें भी अश्रुपूरित हो उठी थीं। “माँ! आप अपनी पुत्री के जीवन का सम्बल हैं।” मैंने उनके फैले हुए हाथों के बीच समाते हुए कहा था।

मेरी सारी बहनें भी बहुत प्रसन्न हो गयी थीं। वह भी बारी-बारी मुझसे गले मिली थीं। इसी बीच पिताश्री भी वहाँ आ गये थे। हम सबको इस तरह मिलते देख वह समझ गये थे कि मैं अपने प्रायश्चित्त को पूरा करने में सफल रही थी।

“सती! मुझे तुम पर गर्व है। तुमने प्रजापति दक्ष के सम्मान को पुनः स्थापित कर दिया है। मैं तुम्हें हृदय से धन्यवाद देता हूँ।” वह कुछ क्षणों के लिए चुप हो गये थे। उनके सुन्दर और पारदर्शी नेत्रों में झलकता स्नेह स्पष्ट था। वह उसे छुपा भी नहीं रहे थे। उस समय वह एक पिता मात्र थे। मेरे सिर पर कोमलता से हाथ फेरते हुए उन्होंने रुद्ध स्वर में कहा, “पुत्री! तुम मेरा गर्व हो। गरिमा हो। श्री हो।”

“पिताश्री अपना कुछ प्रेम हमारे लिए भी बचाकर रखिये ना,” ख्याति दीदी ने परिहास किया।

“अपनी छोटी बहन के प्रति ईर्ष्या का भाव रखना क्या उचित है ख्याति?” पिताश्री ने प्रत्युत्तर में उपहास किया।

उस समय वातावरण में एक विपुल स्निग्धता-सी छा गयी थी। मैं सोचने लगी थी कि कितना सुन्दर होता है एक प्रेमपूर्ण पारिवारिक वातावरण। उन क्षणों में प्रजापति दक्ष का स्वयं के ऊपर नियन्त्रण भी क्षीण हो गया और वह केवल एक चिन्तित, व्याकुल पिता की तरह व्यवहार कर रहे थे। प्रसूति, हमारी माता, बड़े गर्व से उस पारिवारिक दृश्य को निहार रही थीं।

...कितना अद्भुत दृश्य था। सारा कक्ष विष्णु-नाम के पुष्पों से भरा हुआ था। वह भाव-विभोर हो गये थे। उनके नेत्रों में अपूर्व चमक थी उन क्षणों में। मेरे दो सप्तऋषि जीजाश्री भी वहाँ आ चुके थे।

तब पिताश्री ने उनकी ओर देखते हुए गर्व से कहा था, “मेरी पुत्री सती मेरी सर्वश्रेष्ठ पुत्री है। मुझे अब यह कहने में किंचित भी सन्देह नहीं है कि यही मेरी सच्ची उत्तराधिकारिणी है। मैं, इसका पिता, आज बहुत गौरवान्वित अनुभव कर रहा हूँ।”

फिर पिताश्री ने झुककर एक पुष्प उठा लिया। सहसा उनके चेहरे की भाव-भंगिमा बदल गयी। जो चेहरा अभी तक गर्व से भरा था, अब उस पर क्रोध की रेखाएँ उभर आयी थीं। उनके नेत्रों से अंगारे बरसने लगे थे। हम सब

किंकर्तव्यविमूढ़ उनके चेहरे को देखने लगे थे। वह क्रोधित होकर उस कक्ष के बाहर चले गये।

ख्याति दीदी ने एक कमल-पुष्प उठाकर देखा। "यह तुमने क्या कर दिया सती।" वे चीख़कर बोलीं थीं।

उनके हाथ से जो पुष्प गिरा था, उसे मैंने उठा लिा था। उस पर दृष्टि पड़ते ही मेरे सारे शरीर में एक सिहरन-सी दौड़ गयी थी और साथ ही मुझे पिताश्री के क्रोध का कारण भी समझ में आ गया था। उन सारे पुष्पों पर शिव का नाम लिखा हुआ था। यह कैसे हो गया मैं सोचने लगी। मेरी आँखों से आँसुओं की धार बह निकली थी।

मैं पिताश्री के पास गयी और मैंने दृढ़ स्वर में कहा, "पिताश्री! आपकी पुत्री इतनी तुच्छ नहीं है कि वह आपकी आज्ञा का सम्मान न करे।" मैं जब कुछ क्षणों के लिए रुकी तो वह मेरी तरफ़ देखने लगे। मैंने फिर कहा, "पिताश्री, महान प्रजापति दक्ष के सम्मुख असत्य बोल मैं महापाप की भागिन नहीं बन सकती। मेरा विश्वास करें। मैंने केवल विष्णु का ही नाम लिखा था इन पत्तों पर। मुझे नहीं मालूम कि कैसे यह शिव-नाम में बदल गया।"

पिताश्री शान्त एवं मौन रहे। मैं महान असमंजस की स्थिति में पड़ गयी थी। चारों ओर जो मौन वातावरण में व्याप्त हो गया था, वह अति कष्टकारी था।

"उठो सती! दोष तुम्हारा नहीं मेरा है। मैं स्थिति को पूरी तरह से समझने में असमर्थ रहा।" कुछ रुककर उन्होंने दासियों को आदेश दिया, "इन पुष्पों को भवन के बाहर फेंक दो और सती को भोजन कराओ।"

फिर जब उन्होंने मुझे पहला कौर अपने हाथ से खिलाया तो मैं भीतर तक द्रवित हो गयी थी।

"पिताश्री!"

"बोलो सती! अपने मन में किसी प्रकार का बोझ धारण मत कीजिए।"

"आज मैं बहुत भयभीत हो गयी थी।"

इस पर पिताश्री बोले, "सती मैं तुमसे अपार प्रेम करता हूँ। मैं किसी भी प्रकार तुम्हें उस औघड़, असंस्कारी शिव के साथ अपनी कल्पना में भी नहीं देख सकता।" मैं चुप रही। उनका विरोध करना मुझे उचित नहीं लगा था। यद्यपि मन-ही-मन मुझे बहुत पीड़ा हुई थी। फिर भी वह बोले, "अब सारी बातों को भूल जाओ और ये मत भूलो कि वसन्त उत्सव निकट है और जिसकी सारी व्यवस्था का दायित्व मैं तुम्हें सौंपता हूँ।"

पिताश्री ने माँ से कहा, "सती के बिना मैं इस राजमहल को उजाड़ पाता

हूँ। मुझे तो उसके लिए ऐसे जमाता की आवश्यकता है जो हमारे संग रहना स्वीकार कर ले।"

तब माँ हँसकर बोली थीं, "आप कैसी बात कर रहे हैं प्रजापति! हमारी परम्परा है कि पुत्री को एक दिन अपने अपने पिता के घर को छोड़कर अपने पति के घर जाना ही पड़ता है। हे महान प्रजापति! यह आपका कैसा मोह है!"

इस पर पिताश्री गम्भीर स्वर में बोले थे, "तुम ठीक कह रही हो प्रसूति! फिर भी मैं यहाँ पर तुमसे कुछ कहना चाहता हूँ।" वह कुछ क्षणों के लिए मौन हो गये थे। माँ उनकी ओर जिज्ञासापूर्वक देखने लगी थीं। तब पिताश्री बोले, "दधीचि जैसे शिवभक्तों ने सती के मन पर गहरा प्रभाव छोड़ा है। आसान नहीं होगा उसे मिटा देना। पर मैं हर सम्भव प्रयास करूँगा। किसी भी हाल में शिव मुझसे नहीं जीत सकता। मैं उसे जीतने भी नहीं दूँगा। मुझे पिता का दायित्व निभाना है। हर हाल में मैंने सती को वसन्तोत्सव में व्यस्त कर दिया है। मैं पूरा प्रयास कर रहा हूँ कि उसका ध्यान शिव से हट जाये।" फिर वह कुछ क्षणों के लिए मौन हो गये थे। माँ पूरी तरह पिताश्री के भावावेश और उसमें निहित भय को अच्छी तरह समझ रही थीं। फिर एक दीर्घ चुप्पी को भंग कर वह बोले, "शिव मेरी पुत्री को मुझसे छीन नहीं सकता। प्रसूति, मैं किसी भी हालत में इसे सम्भव नहीं होने दूँगा।"

इस पर माँ बोली थीं, "स्वामी, आप अपने मन को विचलित न होने दें। मैं सती की माँ हूँ। उसको अच्छी तरह जानती हूँ। वह एक आदर्श पुत्री है और केवल अपने सुख और स्वार्थ के लिए वह अपने माता-पिता को संकुचित नहीं कर सकती। उनकी गरिमा को नष्ट नहीं कर सकती। मैं आपको इसका पूर्ण आश्वासन देती हूँ।"

...दासियाँ उन कमल-पुष्पों को भवन के बाहर फेंकने ले गयी थीं।

"इन पर शिव का नाम लिखा है।" एक दासी ने अन्य दासियों से कहा।

"तो फिर इससे क्या होगा चन्द्रिका?"

इस पर चन्द्रिका ने कहा, "बात को समझो माल्या! तुम समझ नहीं रही हो।"

"तो तुम समझाओ न मुझे," माल्या ने कहा।

"शिव नाराज न हो जायें अपनी इस अवहेलना से," चन्द्रिका बोली।

बीच में सत्या बोल पड़ी, "नहीं, ऐसा नहीं हो सकता।"

"क्यों नहीं हो सकता सत्या?" चन्द्रिका और माल्या ने समवेत स्वर में पूछा।

दोनों की ओर देखते हुए सत्या ने उत्तर दिया, "शिव बहुत दयालु हैं। हम तो केवल दासियाँ हैं। हमारा जीवन केवल आज्ञापालन के लिए बना है। किसी

भी हाल में हम प्रजापति दक्ष की आज्ञा को नहीं टाल सकते हैं।'' कुछ क्षण मौन रहने के बाद वह फिर कहने लगी, ''प्रजापति ने अपनी पुत्री को कितना कठिन दण्ड दिया था, इसे मत भूलो। हम तो केवल दासियाँ मात्र हैं।''

''ठीक कह रही हो सत्या! हमें किसी प्रकार का बखेड़ा नहीं चाहिए,'' माल्या ने कहा।

जब वह सब उन पुष्पों को फेंकने ही वाली थीं, उसी समय वहाँ कोई और व्यक्ति पहुँच गया था।

''क्या कर रही हो इन पुष्पों का?'' उसने पूछा।

''हम इन्हें प्रजापति के आदेशानुसार भवन से बाहर फेंक रही हैं।''

''कितने सुन्दर एवं अलभ्य हैं यह पुष्प!'' फिर कुछ क्षण मौन रहने के बाद वह बोला, ''क्या तुम इन्हें मुझे दे सकती हो?''

''क्या करोगे तुम इन पुष्पों का पथिक?'' माल्या ने पूछ लिया था।

''ये बिल्कुल व्यर्थ के हैं। तभी तो हमें इन्हें फेंक देने का आदेश मिला है। अपने स्वामी से?'' चन्द्रिका ने कहा।

''यह पुष्प किसी के काम नहीं आ सकते,'' सत्या ने भी कहा।

''कोई बात नहीं, मुझे ये बहुमूल्य लग रहे हैं।''

''कैसे?'' तीनों दासियों ने एक स्वर में पूछा।

''इन पर सर्वेश शिव का नाम अंकित हो चुका है।''

''क्या तम शिवभक्त हो?'' माल्या ने पूछा।

''हूँ।''

''तब तो हम अपनी इच्छा से यह पुष्प तुम्हें नहीं दे सकते,'' चन्द्रिका ने कहा।

''तो ठीक है तुम राजकुमारी सती की आज्ञा ले लो।''

माल्या भीतर गयी और कुछ ही क्षणों में सती की आज्ञा लेकर वापस आ गयी।

''ठीक है हमें आज्ञा मिल गयी है। फिर भी राजकुमारी सती स्वयं यहाँ आ रही हैं। तुम्हें कुछ क्षण प्रतीक्षा करनी पड़ेगी।''

जब सती वहाँ पहुँची तो वह पथिक उनके चरण स्पर्श करने का प्रयास करने लगा था।

''अरे! आप क्यों मेरे चरण छूने का प्रयास कर रहे हैं? आप तो आयु में मुझसे बड़े हैं।'' सती ने कहा।

इस पर पथिक बोला, ''माँ! आपके चरण स्पर्श कर मैं धन्य हो गया।'' फिर सती को देखकर वह कहने लगा, ''क्या मैं ये सारे पुष्प ले जा सकता हूँ?''

मेरे जीजाश्री ने भेष बदले हुए नन्दी को पहचान लिया था। पिताश्री भी उसी क्षण वहाँ किसी काम से पहुँच गये थे। वह बहुत कुपित हो गये। उन्हें लगा कि शिव ने ही नन्दी को वहाँ उन पुष्पों को लेने भेजा था। उन्हें लगा कि शिव ने नन्दी को वहाँ भेजकर उनकी चेतावनी की कोई परवाह नहीं की थी। नन्दी को अपने भवन में पाकर पिताजी अपना क्रोध न रोक सके।

नन्दी उन पुष्पों को बटोर रहे थे और साथ-ही-साथ कहते जा रहे थे, "माँ, आज मैं धन्य हो गया! आज मैं धन्य हो गया!!"

उन पुष्पों को लेकर वह वहाँ से चले गये थे। हमारे उस भवन में एक बार फिर विषाद का सन्नाटा छा गया था। इस समय पिताश्री माँ की भी नहीं सुन रहे थे।

मुझे पिताश्री के क्रोध का कारण भी समझ में नहीं आया। ऋषि कश्यप ने मुझे पिताश्री के कुपित होने का कारण जब बताया तो मुझे भी सारी बात समझ में आ गयी।

शिव तो भोले भण्डारी हैं। मैं बाल्यकाल से ही उनके मोहपाश में बद्ध हो गयी थी। पिताश्री को विष्णु की पूजा करते समय मैं शंख से जल चढ़ाते देखती थी। मैंने भी तब शिव को शंख से जल चढ़ाना चाहा। तब मुझे पता चली थी असुर शंखचूड़ की कहानी कि कैसे ब्रह्मदेव एवं विष्णु से असुर ने अमरता का वरदान प्राप्त कर लिया था और कैसे शिव ने उसे अपने चक्षु से भस्म कर दिया था। उसकी पत्नी तुलसी बहुत आदर्श और पवित्र नारी थी। शंखचूड़ की अस्थियों से शंख को बनाया गया था। विष्णु को शंख से जल चढ़ाया जाता है पर शिव को नहीं। कैसी विचित्र कथाएँ प्रचलित हैं हमारे मध्य में।

मेरा भी मन अब बन चुका था कि मैं हर हाल में अपने प्रेम को प्राप्त करूँगी। अब मेरे जीवन का लक्ष्य बन गया था शिव को पतिरूप में प्राप्त करना।

नन्दी ने शिव से हर प्रकार से प्रार्थना की कि वे मुझे अपनी भार्या के रूप में स्वीकार करें।

...शिव अपनी तपस्या में लीन हो गये थे। निराश नन्दी ने वह सारे पुष्प नदी में प्रवाहित कर दिये थे।

...पिताश्री ने मेरा ध्यान शिव से हटाने के सारे प्रयास किये। उन्होंने पाँचों तत्त्वों : अग्नि, जल, वायु, आकाश और पृथ्वी का आह्वान किया और एक चावल का दाना उनके सामने रख दिया। अपनी सम्पूर्ण शक्ति लगाकर भी वे उसे टस-से-मस न कर सके। पिताश्री मुझे अपनी शक्ति से परिचित करवाने का प्रयास कर रहे थे। साथ-ही-साथ उन्होंने मुझे समझाने का भी प्रयास किया

कि किस प्रकार शिव मुझे अपने मोहजाल में बाँधकर प्रजापति दक्ष को कष्ट पहुँचाना चाहते थे।

पिताश्री के शब्दों का मुझ पर प्रभाव भी पड़ने लगा था। मैंने मन-ही-मन ठान लिया था कि भविष्य में शिव के उपयोग की वस्तु बनकर नहीं रहूँगी। उन्हें मुझे माध्यम बनाकर अपने प्रियजनों को कष्ट नहीं देने दूँगी।

...सब कुछ ठीक चल रहा था। परन्तु शायद जानबूझकर नन्दी ने एक पुष्प वहाँ छोड़ दिया था। मैंने उस पुष्प को उठा लिया था। उधर तपस्या में लीन शिव के पाँव में भी नन्दी द्वारा बहाया एक पुष्प पहुँच गया। उसी क्षण मुझे मालूम पड़ गया था कि मेरी नियति क्या थी।

...प्रजापति के महामण्डल की सभा एक बड़ा आयोजन था। पर शिव इसमें शामिल नहीं हुए थे। मुझे उस महासभा का मन्तव्य समझ में नहीं आ रहा था। पिताश्री सबसे यह कह रहे थे कि वह संसार में क्या चल रहा है, इसे जानने के इच्छुक थे। लेकिन उसके पीछे एक गुप्त योजना भी थी। शिव ने प्रजापति के जनक का सिर काट लिया था। मैं भी शिव के प्रति आकर्षित हो चली थी। पिताश्री शिव और उनके नाम को पूर्णतया समाप्त कर देना चाहते थे और इसलिए उन्होंने इस विराट महासभा का आयोजन किया था।

...चन्द्रमा, रेवती और रोहिणी दीदी के संग पधारे थे। मुझे तीनों का स्वागत करना था। रोहिणी दीदी का हाथ पकड़कर चन्द्रमा आगे आ गये थे। रेवती दीदी कुछ पीछे रह गयी थीं। और जब मैंने उन्हें आगे आने को कहा तो झिझकते हुए अपने पति चन्द्रमा की बग़ल में आकर खड़ी हो गयी थीं।

"दीदी! तुम पति के साथ सुखी तो हो ना?" मैंने रेवती दीदी से पूछ लिया था।

वह एक कृत्रिम हँसी के संग बोलीं, "यह लो सती! यह भी कोई प्रश्न है? हर स्त्री अपने पति के संग सुख का अनुभव करती है।"

"मुझे तो लगता है आप सत्य नहीं बोल रही हैं।" मैंने कहा।

रेवती दीदी ने मेरी तरफ़ पीठ कर ली थी। फिर वे बोलीं, "सती अब और प्रश्न मत कर।"

"क्यों? क्या मेरा तुम पर कोई अधिकार नहीं है?"

"है।"

"फिर?"

"कुछ प्रश्नों का उत्तर सम्भव नहीं है," वे मन्द स्वर में बोलीं।

वह फफक-फफककर रोने लगी थीं। शायद वह मेरे सामने अपने मन को हल्का कर लेना चाहती थीं।

"बताओ ना दीदी! सत्य क्या है?"

"तू कहाँ मानती है," वह समर्पण के भाव से बोलीं।

"अब बता भी दो दीदी," मैंने किंचित अधिक अनुरोधपूर्ण स्वर में कहा।

रेवती दीदी का मन स्थिर था जब वह कहने लगी, "सती! नारी की सारी विवशता समाज के अर्थहीन नियमों के कारण उत्पन्न होती है।"

"वो कैसे दीदी?"

"सामाजिक व्यवस्था बड़ी क्रूर है। नियमों के बोझ तले वह स्त्री के कोमल मन को कुचल देती है। हमारे समाज में नारी की सार्थकता के लिए एक सन्तुष्ट पुरुष का होना अनिवार्य माना गया है।" मैंने देखा कि उनके नेत्रों में एक गहरी चमक थी, उन क्षणों में उनका स्वर कुछ ऊँचा हो गया था जब उन्होंने कहा, "यह सर्वथा थोथा कथन है। यह स्त्री के शोषण पर आधारित नियम है। उनके पाँव में लिपटी हुई केवल एक बेड़ी है।"

"दीदी! तुम कितना सोचती हो!" मैंने प्रशंसा की।

"हमारे समाज में नारी की इच्छा एवं गरिमा पर ज़रा भी ध्यान नहीं दिया जाता है। उसे भोग्या से अधिक कुछ भी नहीं माना जाता है सती इस समाज में," रेवती दीदी ने किंचित आक्रोश से कहा।

"दीदी आपका अपने पति से कैसा सम्बन्ध है?" रेवती दीदी मेरी ओर देखने लगीं। तब मैंने कहा, "दीदी! किसी प्रकार का संकोच न करो। तुम्हारी बात केवल मुझ तक ही सीमित रहेगी।"

मेरे आश्वासन देने पर वह कहने लगीं, "पुरुष का मन बहुत चंचल होता है। समाज ने उसे पूरा अधिकार दिया है कि वह किसी के संग अपना सम्बन्ध स्थापित कर सकता है।"

इस पर मैंने कहा, "मेरे विचार से यह स्वतन्त्रता नारी को भी मिलनी चाहिए।"

रेवती दीदी इस पर हँसते हुए कहने लगीं, "देखते-देखते तू कितनी बड़ी हो गयी है सती!" वह कुछ क्षणों तक मौन रहीं। फिर उन्होंने कहा, "तेरे जीजाश्री चन्द्रमा का मन बहुत चंचल है।"

"क्या वह आपका अपमान करते हैं?"

"अपमान से भी अधिक मेरे पति की उदासीनता है। यह अत्यन्त पीड़ादायक है। एक बात और बताऊँ।" मैं उनकी ओर देखने लगी। "अब उनके जीवन में केवल रोहिणी है।"

उनके कष्ट से मैं विचलित हो गयी। रेवती दीदी ने मुझे शान्त करने का प्रयास किया। मैं काफ़ी समय तक उद्वेलित रही थी।

...महामण्डल की सभा का आयाम अत्यन्त विराट था। प्रजापति दक्ष का वैभव सबके मन में ईर्ष्या का भाव उत्पन्न कर रहा था। वसन्त उत्सव भी प्रारम्भ हो चुका था। मेरी बहनों ने अपनी गायन-कला का प्रदर्शन किया था।

जब मेरी बारी आयी तो सब मेरी ओर आश्चर्य भाव से देखने लगे थे। मैंने वीणा हाथ में ली एवं आँखें बन्द कर वीणा-वादन शुरू कर दिया था। वीणा मैं बजा रही थी लेकिन सुर शिव-वीणा के प्रस्फुटित हो रहे थे। उन अमूल्य क्षणों में मेरा सम्पूर्ण संगीत एवं व्यक्तित्व शिवमयी हो गया था। नर्तकियाँ नृत्य कर रही थीं उस राग पर लेकन मधुलिका को समझ में आ गया था कि वह राग शिव का था। सारे उपस्थित व्यक्ति विस्मय से मन्त्रमुग्ध हो मेरे गायन की धुन में खो गये थे। मेरे होंठ काँप रहे थे और मेरे नेत्रों से अविरल प्रवाहित हो रही थी अश्रुधारा। मुझे चारों ओर शिव की उपस्थिति का बोध हो रहा था उन क्षणों में।

...फिर कोई और धुन लहरी वहाँ व्याप्त हो गयी थी। उस वीणा की धुन में कब मेरे पाँव थिरकने लगे थे, मुझे पता ही नहीं चला। शिव वीणा-वादन कर रहे थे और मैं उस मादक धुन पर थिरक रही थी। संगीत की धुन रुकी तो शिव और मैं एक-दूसरे को निहारने लगे थे।

मुझे सन्देश मिल गया था कि मेरे प्रेम की अवहेलना शिव अधिक समय तक नहीं कर सकेंगे।

अदिति और ख्याति दीदी मुझसे काफ़ी रुष्ट लग रही थीं।

"तुम जल लाने गयी थीं, पर तुम्हारी गगरी कहाँ है सती?" राग-रागनियाँ मेरे संग थीं।

ख्याति दीदी ने मुझसे भड़ककर कहा था, "सती! तुम बहुत मूर्ख हो।"

"कैसे?"

"वह शिव तुम्हें पिताश्री के ख़िलाफ़ भड़का रहा है और तुम हो कि समझती भी नहीं हो।"

मैंने कहा, "उन सुरों की मादकता में मैं सब कुछ भूल गयी थी दीदी!" उनकी ओर देखते हुए मैंने कहा, "केवल शिव ही उन रागनियों को उस म्रियमाण अवस्था से बाहर ला सकते थे। और उन्होंने उन सबको पुनः जीवन्त कर दिया।"

...उस प्रतियोगिता में मुझे सर्वप्रथम स्थान मिला था। मैं मदनिका के संग निकल पड़ी थी। एक बार मदनिका ने मुझसे कहा था कि सती! मैं गणिका हूँ। मेरा धर्म केवल प्रेम है।

...सच तो यह है कि प्रेम का कोई धर्म नहीं होता। वह किसी प्रकार की

वर्जनाओं के परे है। यह एक परमशक्तिशाली आवेग है। इसे हठ द्वारा वश में किया ही नहीं जा सकता है।

प्रेम एक रसमय गुण है। यह मनुष्य को एक प्रकाण्ड व्यापकता देने में समर्थ है। एक प्रेमी कभी भी भयभीत नहीं होता है। जब वह प्रेम की नौका में सवार हो जाता है तो उसे डूबने का भय नहीं रहता है। सत्य तो यह है कि प्रेम के पारावार में वह पहले ही आकण्ठ डूब चुका है।

...चलते-चलते मैं और मदनिका बिछुड़ चुके थे। मैं आगे बढ़ती चली गयी थी। ऐसा लग रहा था कि कोई अज्ञात शक्ति मुझे अपनी ओर खींच रही थी। उस मार्ग पर मैं कुछ भ्रमित भी हो गयी थी। यद्यपि मैं चिन्तित भी थी, फिर भी मुझे ऐसा लग रहा था, जैसे कोई अज्ञात शक्ति मेरी रक्षा कर रही थी।

...अचानक एक विराट-सा बवण्डर मेरे सम्मुख चक्कर काटने लगा था। मुझे ऐसे लगा, जैसे कि उसके भीतर एक भयानक आकृति भी विद्यमान थी। उसके बड़े-बड़े दाँत उसे बहुत भयानक रूप दे रहे थे। एक क्षण मैं डर-सी गयी थी। फिर मैंने उससे दूर हट जाने का प्रयास किया था। इधर कई दिनों से मैं भी वृत्रासुर असुर के बारे में चर्चाएँ सुन रही थी।

अचानक मुझे ऐसा लगा कि मेरा बल क्षीण होने लगा था। वत्रासुर के ख़याल मात्र से मैं भयाक्रान्त हो गयी थी। वह असुर शायद मेरे संग खेल कर रहा था। मैं भयभीत दिशाहीन होकर इधर-उधर भागने लगी थी। वह असुर लगातार मेरे पीछे पड़ा हुआ था। फिर मुझे लगा कि वह असुर मेरा अपहरण करना चाहता था। वह तेज़ी से वृत्राकार घूमते हुए मेरे निकट पहुँच गया था। वह मुझे अपने वृत्त में...वलय में खींचने का प्रयास कर रहा था। मुझे लगा कि मेरा बचना अब असम्भव था।

"शिव आप कहाँ हैं? मेरी रक्षा करें।" अचानक मेरे मुँह से निकल पड़ा।

मेरे यह कहने भर की देर थी कि सब कुछ ठहर गया। डमरू की गूँज चारों ओर गूँजने लगी थी और त्रिशूल मेरे चारों ओर घूमने लगा था। उसकी गति उस भयंकर चक्रवात को मुझसे दूर कर रही थी। मुझे अब कोई शंका नहीं रह गयी थी कि वह चक्रवात वत्रासुर असुर ही था। वह अनेक प्रयास करने के पश्चात् भी मेरा स्पर्श नहीं कर सका था। वह भयानक गर्जना भी कर रहा था। एक क्षण तो मुझे ऐसा लगा था कि मैं उस असुरी शक्ति की ओर खींची जा रही थी।

"शिव। मेरी रक्षा करें।" मैंने बहुत भयभीत स्वर में आर्तनाद किया था।

अचानक सब कुछ मेरे विपरीत घटित-सा लग रहा था। फिर मुझे शिव के मृदुल स्पर्श का आभास हुआ। वह पहले एक शक्तिपुंज के रूप में मेरे समक्ष खड़े

हुए थे। फिर वह अपने मूल रूप में मेरे और वृत्रासुर के बीच एक दीवार बनकर खड़े हो गये थे। उनकी उपस्थिति मात्र से मैं अपने को पूर्णरूपेण सुरक्षित समझने लगी थी, उन क्षणों में।

शिव ने मेरी बाँह को पकड़ मुझे अपने पीछे कर लिया था। कितना मादक एवं मधुर था मेरे आराध्य का वह स्पर्श। शिव के प्रभाव से वह असुर मेरा कुछ नहीं कर पाया था। और एक क्षण ऐसा भी आया कि उसने वहाँ से भाग जाने में ही अपनी भलाई समझी।

''इस विकट मौसम में तुम इस प्रकार इस निर्जन प्रदेश में क्यों घूम रही हो?'' शिव ने मुझसे पूछा। फिर मेरी ओर देखते हुए उन्होने कहा, ''तुम्हें भय नहीं लगता?''

''नहीं लगता,'' मैंने कुछ हँसकर कहा।

''क्यो?''

''क्योंकि मुझे अपने सुरक्षा-चक्र का बोध है।''

''किसी भ्रम में मत रहना सती!''

''भ्रम में मैं नहीं आप हैं शिव,'' मैंने कहा।

''मैं भ्रम में हूँ?''

''हाँ, आप भ्रम में हैं।''

''कैसे सिद्ध करोगी?''

''समय आने पर स्वयं सिद्ध हो जायेगा,'' मैंने कहा।

''मुझे लगता है कि तुममें वस्तुपरकता का अभाव है।''

''आप जो भी समझें,'' मैंने संक्षिप्त-सा उत्तर दिया।

''आख़िर तुम मुझसे चाहती क्या हो?''

''आपको सब मालूम है। आप इस चराचर के स्वामी हैं। आपसे कुछ भी छुपा नहीं है।''

''सती!''

''शिव!''

''अब तुम घर की ओर प्रस्थान करो! तुम्हारे माता-पिता चिन्ता कर रहे होंगे।''

''आप मुझसे दूर जाने का प्रयास क्यों करते हैं?''

''क्या कहना चाहती हो?''

''आप मुझसे प्रेम करते हैं?'' मैंने पूछ लिया।

''यह विचार तुम्हारे मन में कैसे आया?''

''पहले आप मेरे प्रश्न का उत्तर दें?''

“सती! एक बात हमेशा के लिए समझ लो।” मैं उनकी ओर देखने लगी थी। “मैं विरक्त संन्यासी हूँ। मुझसे तुम्हें क्या मिलेगा?”

“प्रेम!”

“मैं प्रेम को नहीं समझता।”

“तो फिर बार-बार आप मेरी रक्षा..सहायता के लिए क्यों आ जाते हैं? क्या एक वीतराग को यह शोभा देता है?”

“मैं तुम्हें कष्ट में...किसी प्रकार की उलझन में नहीं देख सकता।”

मैं हँस दी।

“मुझे आपके मन का भाव पूरी तरह स्पष्ट है शिव!”

“अब तुम वापस लौट जाओ सती! यह कोई बहुत सुरक्षित प्रदेश नहीं है,” शिव ने कहा।

मेरे भीतर एक मीठी सिरहन दौड़ गयी थी अपने आराध्य के उन शब्दों से। मुझे मालूम था कि वह बहुत सरल स्वभाव के थे। उन क्षणों में उनके शब्दों से मुझे एक संकेत मिला था अपने भविष्य का।

7

...मैं वापस लौट चली थी। रास्ते में मदनिका मुझे मिल गयी थी। वह बहुत चिन्तित हो गयी थी। मुझे सुरक्षित देख उसके चेहरे पर प्रसन्नता का भाव स्पष्ट दिख रहा था।

"कहाँ चली गयी थीं तुम सती?"

"किस तरह डरावना मौसम था," मैंने संक्षिप्त उत्तर दिया।

"तुम ठीक तों हो ना?"

"पूरी तरह," मैंने कहा।

मैं चुप रही थी। मैंने उसे अपने उस अनुभव के बारे में कुछ भी नहीं बताया।

हम घर लौट आये थे। मैंने अब समझ लिया था कि शिव के सान्निध्य के बिना मेरे जीवन का कोई भी अर्थ नहीं था।

...मेरे पिताश्री प्रजापति दक्ष बहुत ही अज्ञानी एवं अहंकारी व्यक्ति थे। शिव को तो वह अपना परम शत्रु मानते थे। पितामह ब्रह्मदेव ने कई बार समझाने का प्रयास किया। पिताश्री पितामह के मुँह से शिव की महिमा सुनकर भड़क उठते थे।

"आपके एक सिर को तो शिव ने ही काटा था न पिताश्री?"

"तुम कहना क्या चाहते हो दक्ष?"

"आप वृथा ही उस कपाली, अहंकारी औघड़ की प्रशंसा करते हैं। शायद उसके वास्तविक स्वरूप का आपको ज्ञान नहीं है।"

"दक्ष?"

"कहिए!"

"मैं तुम्हारी बातों में भविष्य के संकट को देख रहा हूँ।"

"मेरे भविष्य की चिन्ता आप न करें पिताश्री!"

"क्यों न करूँ?"

"आप मेरे शिव-विरोध को लेकर चिन्तित न हों।" वह कुछ क्षण चुप रहने

के बाद बोले, "शिव मेरा कुछ नहीं बिगाड़ सकता," उन्होने दर्प से कहा। उस क्षण पितामह भविष्य को लेकर बहुत आशंकित हो गये थे।

...शिव के पास से वापस लौटकर मैं अपने कक्ष में चली गयी थी। उसी समय अपने वस्त्र बदलते हुए मैंने अपनी बाँहों में शिव की अँगुली के निशान देखे। मैं समझ गयी थी कि उन्होंने मेरे प्रेम को एक मूक स्वीकृति दे दी थी। मेरी बाँह में अंकित अँगुलियों के निशान व्यक्त प्रेम का ही तो संकेत था।

सारी सृष्टि मेरे और शिव के मिलन का पूरा प्रयास कर रही थी।

...कौन भूल सकता है शिव की वह दिव्य-छवि। शिव ने अपने शरीर पर श्मशान की भस्म पोत रखी थी। वाघम्बर लपेटे शिव की छवि अपूर्व थी। वह अघोरियों के बीच जलती चिताओं, नारद एवं नन्दी के गम्भीर वार्तालाप में व्यस्त थे। मेरे आराध्य चिताओं के बीच बैठकर चिन्तन कर लेते थे। तप कर लेते थे। शिव के मन में शंका थी कि महलों में पली एक राजकन्या क्या कठोर और नीरव प्रदेश में आराम से रह लेगी।

...मुझे सौन्दर्य प्रतियोगिता की याद आ गयी थी। सब चर्चा कर रहे थे कि रोहिणी दीदी और रेवती दीदी में कौन ज़्यादा सुन्दर थी। रेवती दीदी आज चन्द्रमा से प्रेम की दृष्टि का निवेदन करती-सी प्रतीत होती थीं। परन्तु चन्द्रमा केवल निरन्तर रोहिणी दीदी की ओर ही देख रहे थे। जब मैं वहाँ पहुँची तो सबकी निगाहें मुझ पर टिक गयी थीं। मेरी सुन्दरता मेरे सारे व्यक्तित्व में झलक रही थी। सबको लग रहा था कि उस सौन्दर्य प्रतियोगिता की विजेता मुझे ही होना था। मुझे देखकर माँ विशेष दर्प का अनुभव कर रही थी।

"हाय रोहिणी, देख तो सती कितनी सुन्दर हो गयी है! अब समय आ गया है कि सती का विवाह कर देना चाहिए," माँ ने बहुत उत्साहपूर्ण स्वर में कहा था। "लेकिन इसके लिए योग्य वर मिलेगा कहाँ?"

इस पर मैं मन-ही-मन बोलीं थी, 'मैंने तो अपना वर ढूँढ़ भी लिया है माँ!'

माँ फिर बोली थीं, "मुझे तो अपनी बेटी की तरह ही सुन्दर दामाद चाहिए। और यही नहीं, मेरी बेटी की तरह वह सारे सांसारिक कार्यों को पूरी निष्ठा से निभाये।"

मैं मन-ही-मन हँस पड़ी थी। माँ का दामाद तो परम वीतराग महायोगी है। सांसारिकता से वह बहुत दूर रहता है। तो वह अपार सौन्दर्य का धनी। पर उसे देखने के लिए एक व्यापक दृष्टि का होना आवश्यक है माँ!

...अदिति दीदी ने मेरी बाँह में बने निशान देख लिये थे। वह मुझे अपने कक्ष में ले गयी थीं।

"सती! यह सब क्या है?" उन्होंने कठोर स्वर में पूछा था।

मैंने उत्तर दिया था, "मुझे वृत्रासुर से बचाने शिव आये थे। उसने तो मुझे निगल ही लिया था, दीदी!" मैं कुछ क्षण मौन हो गयी थी। मेरे नेत्र आर्द्र हो गये थे। मैंने फिर कहा, "वह अपने तप को छोड़ मुझे बचाने आ गये थे। उस क्षण मैंने उनके नेत्रों में अपने प्रति असीम प्रेम को भी देखा था। कितने दिव्य थे वह क्षण!"

वह मेरे चेहरे के भावों को स्पष्ट पढ़ रही थीं उस समय। फिर मुझे झकझोरते हुए उन्होंने कहा, "सती! जानती है तू अपने इस प्रेम का परिणाम? तुझे मालूम है कि इससे पिताश्री को कितना दुख होगा?"

इस पर मैंने कहा, "दीदी, क्या प्रेम पर किसी का बस है? मुझे केवल शिव से ही प्रेम है। अन्य कोई उनका स्थान भी नहीं ले सकता।" कुछ क्षण के मौन के पश्चात् मैंने फिर कहा, "और तुम ही तो कहती थीं कि प्रेम कब मनुष्य के भीतर प्रवेश कर जाता है, पता ही नहीं चलता है।"

"लेकिन तेरे इस प्रेम के प्रति मैं केवल तुझे एक चेतावनी दे रही हूँ। अगर यह ज्वाला भड़क गयी तो हम सबका विनाश कर देगी," वह बोलीं। उनकी आँखों में दुख का भाव था।

तब मैंने कहा था, "दीदी! अब मैं इस राह पर बहुत आगे निकल चुकी हूँ। अब लौटना किसी प्रकार भी सम्भव नहीं है। क्या तुम मेरा साथ दोगी?"

"चेत जा सती!"

"नहीं! अब यह असम्भव है। मेरे रक्त के कण-कण में शिव का प्रेम व्याप्त हो गया है।"

"ठीक है सती! अब जो कुछ नारायण चाहते हैं, वही होगा," दीदी ने आत्मसमर्पण के स्वर में कहा था।

...शिव से मिलने मैं एक दिन कैलाश भी पहुँच गयी थी।

"यहाँ क्यों आयी हो सती?"

"आपको देखने का मन कर रहा था।"

"क्यों?"

"इस क्यों का उत्तर आप स्वयं तलाश करें।"

"बया प्रजापति दक्ष की बेटी यहाँ अपने पिता की अनुमति के बिना यहाँ आ गयी? क्या यह उचित है?"

बिना किसी संकोच के मैं बोल उठी थी, "अब मैं विवश हूँ अपने प्रेम से। मेरा मन-मस्तिष्क का संचालन अब केवल आप कर रहे हैं।"

"प्रेम एक व्यापक चेतना...भावना है सती! मैं तो निरा रसहीन हूँ," शिव ने

कहा। कुछ क्षण के मौन के पश्चात् वह फिर बोले, "भ्रम में न पड़ो सती! मेरे पास तुम्हें देने के लिए कुछ भी नहीं है।"

विरह की वेदना ले मैं वापस लौट आयी थी। मेरे आराध्य ने मुझे ठुकरा दिया था। पर मेरा हृदय इसे किसी प्रकार स्वीकार नहीं कर रहा था। घर में तुलसी और शालिग्राम का विवाह हो रहा था। माँ सबको तुलसी और शालिग्राम की कथा सुना रही थीं। मैं शालिग्राम में भी अपने शिव की छवि को देख रही थी। क्या विष्णु और शिव, दोनों ही पाषाण नहीं हैं? विष्णु शालिग्राम के रूप में और शिव शिवलिंग के रूप में। विष्णु तो पाषाण से बाहर आकर संसार में मिल गये; परन्तु शिव केवल पाषाण ही बने रहना चाहते हैं। अब मैंने सोच लिया था कि शिव को उनके पाषाण रूप से बाहर लाकर आऊँगी।

उन्हें उस बैरागी रूप से बाहर आना ही पड़ेगा। मैं शालिग्राम की सेवा शिवलिंग समझकर कर रही थी।

...प्रेमदाता है। सबसे बड़ा दाता! वह किसी भी परिस्थिति में याचक नहीं बन सकता है। मेरे लिए शिव प्रेम के सबसे विराट स्वरूप थे। इसके विपरीत मेरे पिताश्री केवल खोखले नियमों के पालन को जीवन का परम लक्ष्य मानते थे। मेरे पिताश्री ने अपने पिता ब्रह्मदेव की भी कई अवसरों पर अनदेखी कर दी। यहाँ तक कि वह एक बार अपने दामाद चन्द्रदेव से भी रुष्ट हो गये थे क्योंकि चन्द्रदेव ने सती के स्वास्थ्य-लाभ के लिए शिव को बुलाने का अनुरोध किया था। जब एक बार पिताश्री ने शिव को श्राप दे दिया था तो पितामह ब्रह्मा ने उनकी आलोचना करते हुए कहा था कि किसी भी प्रकार वे मेरे और शिव के विवाह को रोक नहीं पायेंगे।

...माँ एक पति परायण स्त्री थी। वह किसी भी प्रकार से अपने पति के विरुद्ध जाने को एक जघन्य कृत्य मानती थीं। मुझे अकसर वह एक आदर्श पुत्री के कर्तव्यों के बारे में बताती रहती थीं। दिन बीतते जा रहे थे। मुझे अब हर पल डमरू का ही निनाद सुनाई देता था। शिव के बिना मुझे जीवन शून्य-सा लगने लगा था।

...एक बार मैंने मन में ठान ली थी कि मैं तब तक नृत्य करती रहूँगी, जब तक स्वयं शिव मेरे संग आकर नृत्य नहीं करने लगेंगे। मैंने नृत्य करना शुरू कर दिया था और नृत्य करते-करते मैं अपने अस्तित्व को भी भूल गयी थी। मेरे चारों ओर एक विकट शून्य उत्पन्न हो गया था। नृत्य करते-करते मुझे ऐसी अनुभूति हुई थी, जैसे कि स्वयं मेरे आराध्य मेरे संग नृत्य कर रहे थे। जो नृत्य मैंने पहले मन्थर गति से शुरू किया था, अब उसकी गति बहुत तीव्र हो गयी थी। मैं साफ़ देख रही थी कि शिव और मेरे उस नृत्य में एक अनोखी मादकता थी।

...शिव ने मुझे अपनी भुजाओं में जकड़ लिया और अत्यन्त द्रुत गति से नृत्यरत हो गये थे। मैं भी उस समय एक विलक्षण भाव का अनुभव कर रही थी। उन क्षणों में मुझे लग रहा था, जैसे कि मेरे और शिव के नृत्य में समस्त ब्रह्माण्ड का विलय हो रहा था।

"शिव!"

"क्या है सती?"

"आप इतने कठोर क्यों बन रहे हैं?"

"नहीं, ऐसी बात तो नहीं है।"

"है।"

"कैसे?"

"मुझे आपकी रूक्षता का कारण मालूम है। आप जानबूझकर मेरे प्रेम को अनदेखा कर रहे हैं।"

नृत्य करते हुए ही उन्होंने पूछा, "कैसे सिद्ध करोगी इसे तुम सती?"

"कर सकती हूँ!"

"करो।"

"मुझे कारण मालूम है।"

"क्या कारण है?"

"स्वीकार करेंगे।"

"करूँगा, यदि तर्क पर आधारित होगा।"

"आप मुझे केवल मेरे पिताश्री के कारण दण्डित कर रहे हैं," मैंने कहा।

"कैसे?"

"पिताश्री ने आपको श्राप जो दिया था। एक बात और कहना चाहती हूँ आपसे!"

"कहो!"

"आप एक निष्ठुर प्रेमी हैं।"

वह हँस दिये।

"मेरे जीवन में प्रेम कहाँ दक्षायणी!"

"शिव!"

"अब क्या है?"

"मुझे दाक्षायणी न कहें।"

"ऐसा क्यों?" उन्होंने आश्चर्य से पूछा।

"मुझे सती नाम अधिक प्रिय है।"

"एक रहस्य तुम्हें बताऊँ सती?"

"रहस्य? कैसा रहस्य?"

इस पर वह बोले, "कैलाश के निर्जन सन्नाटे में मुझे भी तुम्हारी बहुत याद आती है।"

मेरा मन पुलकित हो गया था।

"फिर आप क्यों नहीं अपने संग ले जाते हैं?"

"मैं सामाजिक नियमों की अवहेलना नहीं कर सकता।"

"कैसे नियम?"

"विवाह का नियम! प्रजापति दक्ष मुझसे घृणा करते हैं। और मैं तुम्हें बिना उनकी सहमति के नहीं ले जा सकता कैलाश।"

"अभी और नृत्य करोगी सती?"

"क्यों आप उक्ता गये हैं?"

"नहीं, मुझे बहुत आनन्द प्राप्त हो रहा है।"

"तो फिर?"

"तुम थक गयी होगी। तुम्हें विश्राम की आवश्यकता है।"

"इस नृत्य के लिए मैं युगों-युगों तक नृत्य कर सकती हूँ।"

"सत्य कह रही हो?"

"नितान्त सत्य।"

"सती!"

"शिव! मेरे आराध्य!"

"मेरे प्रेम को भी शंका की दृष्टि से मत देखो।"

"आपने कैसे मान लिया कि मैं आपके प्रेम को शंका की दृष्टि से देखती हूँ?"

"सती! एक बात कहूँ?"

"कहिए।"

"अब अधिक समय तक मैं तुम्हें तुम्हारे पिता के घर में नहीं रहने दूँगा।"

मैं हँस दी थी।

"मुझे आपकी प्रतीक्षा रहेगी।"

नृत्य कितनी देर तक चलता रहा, किसी को पता नहीं चला।

मुझ पर एक मूर्च्छा छा गयी थी। पिताश्री के वहाँ पहुँचने के पहले ही शिव वहाँ से चले गये थे। मुझे समय का बोध ही नहीं रहा था। मैं योग-निद्रा में चली गयी थी।

...ख्याति दीदी ने मुझे सारे घटना-चक्र की जानकारी दी थी। राजवैद्य ने मेरा नाड़ी-परीक्षण किया था।

''प्रजापति, सती की मूर्च्छा कोई मामूली मूर्च्छा नहीं है। वास्तव में यह मूर्च्छा है ही नहीं।''

''तो फिर यह क्या है?'' माँ ने राजवैद्य से पूछा था।

''महारानी! यह योग-निद्रा है।''

''इसका उपचार क्या है वैद्यराज?''

''यह सती की अपनी इच्छा पर निर्भर करता है। इसमें किसी प्रकार की औषधि काम नहीं करेगी।''

''क्यों नहीं करेगी?'' माँ ने पूछा था।

वैद्यराज ने तब कहा था, ''यह कोई व्याधि नहीं है महारानी! मैं इसकी चिकित्सा करने में सक्षम ही नहीं हूँ।'' कुछ क्षण रुकने के पश्चात् उन्होंने कहा, ''यह मनुष्य की सूक्ष्म चेतना से जुड़ी है।''

...समय बीत रहा था। माँ चिन्तित थीं।

''माँ, मैं तुमसे कुछ कहना चाहती हूँ,'' ख्याति दीदी ने कहा।

''कहो, क्या कहना चाहती हो?''

''तुभ बुरा तो नहीं मानोगी?''

''अब कह भी दो ख्याति।''

''सती को केवल शिव ही चेतना में ला सकते हैं।''

माँ ने तब कहा था, ''यह कैसे सम्भव है ख्याति?''

''क्यों नहीं सम्भव है माँ?''

''तुम्हारे पिता इसके लिए सहमत नहीं होंगे।''

''उन्हें मनाओ ना माँ! हमारे लिए सती का जीवन अपने अहंकार से अधिक महत्त्वपूर्ण है।''

प्रजापति दक्ष ने ख्याति दीदी के विचार को अस्वीकार कर दिया था।

उन्होंने कहा था, ''सती के उपचार के लिए शिव को यहाँ बुलाना बिल्कुल ठीक नहीं होगा। मैं उस पाखण्डी शिव को चिकित्सक नहीं मान सकता।''

...उस मूर्च्छा में भी मुझे अपने आसपास घटित होने वाली घटनाओं का पूरा ज्ञान हो रहा था। फिर मुझे लगा था, जैसे कोई मुझे कोमल स्वर में जागने को कह रहा था। मुझे एक बहुत मृदुल स्पर्श का आभास हुआ था। उस योग-निद्रा में भी मैं समझ गयी थी कि वह मेरे आराध्य शिव का ही स्पर्श था।

''सती जाग जाओ,'' शिव का गम्भीर स्वर मेरी चेतना में गूँजा था।

“आप आ गये हैं शिव?”

“सती अपनी योग-निद्रा से बाहर आ जाओ,” शिव ने प्रेमपूर्ण शब्दों में आदेश दिया था।

मैं अपनी योग-निद्रा से वापस आ गयी थी। शिव मेरे समक्ष खड़े थे। उनके नेत्रों से अपार प्रेम का स्पष्ट संकेत मिल रहा था। उस समय हमारे आसपास कोई नहीं था। बहुत देर तक शिव और मैं एक-दूसरे को मौन ही निहारते रहे थे। फिर शिव वहाँ से चले गये थे।

जाने से पहले उन्होंने मुझसे परिहास भरे स्वर में कहा था, “सती! तुम तो बहुत कुशल नृत्यांगना हो।”

प्रत्युत्तर में मैंने भी परिहासपूर्ण स्वर में कहा, “लेकिन नटराज तो आप ही कहलाते हो।”

...सब लोग मेरे योग-निद्रा से बाहर निकल आने से प्रसन्न थे। मैंने माँ को बता दिया था कि किस तरह से शिव ने वहाँ पहुँचकर मेरी चेतना लौटाई थी।

8

...एक दिन मैं ऋषि दधीचि के आश्रम में फिर यूँ ही पहुँच गयी थी। उन्होंने मुझे एक रुद्राक्ष दिया था। यह वही रुद्राक्ष था जिसे मैंने जल में प्रवाहित कर दिया था।

"सती! यह रुद्राक्ष तुम्हें एक दिन शिव तक ले जायेगा," दधीचि ने मुझसे कहा।

उनके आदेशानुसार जब मैंने एक शिवलिंग का स्पर्श किया तो मुझे अपने भीतर तक एक प्रकाण्ड सिहरन का अनुभव भी हुआ था। उसी क्षण से मुझे लगने लगा था कि मुझे शिव से चराचर की कोई शक्ति अलग नहीं कर सकती थी।

...अपने अहंकार के मद में चूर हो पिताश्री किसी का भी अपमान कर देते थे। उनके शिव के प्रति घृणा भाव को देखकर मुझे दुख होता था। फिर एक दिन पिताश्री ने घोषणा कर दी थी मेरे स्वयंवर की।

"अब क्या करोगी सती?" ख्याति दीदी ने मुझे पूछा था।

माँ ने भी मुझे सलाह देते हुए कहा था, "सती! अब मैं भी शिव को मानने और समझने लगी हूँ। क्या वे तुझे यहाँ आकर इस संकट से मुक्ति दिलायेंगे?"

"तुम किस वजह से शंका कर रही हो माँ?"

"तुम्हारे पिताश्री तो शिव को बुलाने से रहे।"

"लेकिन वह यहाँ आयेंगे ज़रूर," मैंने उनको दिलासा देते हुए कहा।

...मेरे स्वयंवर में भी बड़ा नाटक होना था। पिताश्री ने पूरी तरह से ठान रखा था कि वहाँ किसी भी हाल में शिव को प्रवेश नहीं करने देंगे। शिव कहीं छद्म वेश में प्रवेश न करें, इसके लिए उन्होंने प्रवेशद्वार पर एक ऐसे दर्पण की व्यवस्था करवा ली जिससे कोई व्यक्ति छद्म रूप धारण कर भीतर न आ सके। सब शंकाग्रस्त थे। मेरी आशंका भी कम तीव्र नहीं थी। मुझे याद आ रहा है कि किस तरह पिताश्री ने पूरा प्रयास किया उस दिव्य शिवलिंग को भग्न करने का जो मुझे प्राणों से भी अधिक प्रिय था।

पर उस ऊहापोह में भी मैं किसी प्रकार के तनाव का अनुभव नहीं कर रही थी।

प्रजापति दक्ष के सभागृह की शोभा अद्वितीय थी। उसके बड़े-बड़े रत्नजड़ित गवाक्ष एवं सिंहासन वहाँ की गरिमा को कई गुना बढ़ा देते थे।

मुझसे विवाह के आकांक्षी देव, गन्धर्व और विशिष्ट नरेशों की वहाँ भीड़ लग गयी थी। प्रवेशद्वार पर पिताश्री ने शिव की एक प्रस्तर मूर्ति द्वारपाल के रूप में स्थापित करा दी थी। सब कुछ सुचारु रूप से चल रहा था।

फिर मुझे वरमाला सहित उस सभागृह में लाया गया था।

"सती! यह सब विशिष्ट लोग तुमसे विवाह हेतु यहाँ आये हैं। जाओ, इनमें से किसी एक को अपना जीवनसाथी बना लो।"

"मैंने चारों ओर दृष्टि डाली। द्वार पर शिव की प्रस्तर मूर्ति को देखते ही मुझे अपने आराध्य की सारी लीला समझ में आ गयी थी। उतनी दूर से भी मैं उस पाषाण मूर्ति से प्रवाहित ऊर्जा एवं उष्मा को अनुभव कर पा रही थी। जो सबको केवल पाषाण दिख रहा था, मैं उसमें अपने प्रियतम का स्पन्दन देख पा रही थी।

उन क्षणों में मेरा चेहरा खिल उठा था। धीरे-धीरे चलते उस पाषाण मूर्ति के पास आ गयी थी। मुझे लगा कि वह मुझे घूर रही थी। वहाँ उपस्थित हर व्यक्ति को मेरा आचरण विचित्र-सा लग रहा था।

"सती! वहाँ उस कपाली, औघड़ की मूर्ति के समक्ष खड़ी होकर तुम क्यों अपना समय व्यर्थ कर रही हो," पिताश्री ने उच्च स्वर में मुझसे कहा। उनके मुँह पर एक विद्रूप-सी हँसी खेल रही थी। वह फिर कहने लगे, "आज मैंने अपने शत्रु अघोरी शिव को परास्त कर दिया है।"

मैं बोली, "शिव, मेरे आराध्य अब आकर अपनी सती का वरण कर लो।" कुछ क्षणों के लिए मैं मौन हो गयी थी। एक गहन सन्नाटा-सा वहाँ व्याप्त हो गया था। सबका ध्यान शायद उस समय मुझ पर ही केन्द्रित था। फिर उस दीर्घ मौन को तोड़कर मैं शिव से कहने लगी, "शिव! मेरे आराध्य अपनी चिरन्तन प्रेयसी की रक्षा करो...आज तुम्हारी आदि शक्ति तुम्हें आज्ञा देती है।"

एक ज़ोर का धमाका होता है और मेरे आराध्य अपना शीश झुका देते हैं और उनके गले में मैं वह हार डाल देती हूँ।

वह डमरू को बजाने लगते हैं और पूरी-की-पूरी दक्ष नगरी 'हर...हर महादेव के उद्घोष से गुंजायमान हो जाती है। ऋषि दधीचि भी वहाँ महादेव के नाम का उद्घोष करते हुए अपने शिष्यों के संग वहाँ पहुँच जाते हैं।

वहाँ उपस्थित सब लोग प्रजापति दक्ष को बधाई देने लगते हैं। परन्तु उनका मुखमण्डल क्लान्त हो चला था।

"मैं इस विवाह को मान्यता नहीं देता," मेरे पिताश्री ने उच्च स्वर में कहा।

मेरे पितामह ने भी वहाँ प्रकट हो उन्हें समझाने का प्रयास किया...पिताश्री न माने। अन्त में नारायण ने प्रकट हो जब पिताश्री को आदेश दिया तो उन्हें मेरे विवाह को मान्यता देनी ही पड़ी।

शिव और शक्ति के मिलन की वह अपूर्व घटना थी।

मेरे पिताश्री का मन कटुता से भर गया था। अपना शिवद्रोह कभी उन्होंने किसी से छुपाया भी नहीं था। माँ के लाख मना करने पर भी वह चुप न रह सके थे। उन्होंने अपने मनोभाव को व्यक्त कर ही दिया।

"सती! आज तुमने अपने पिता की अवहेलना कर उनके मान को भी क्षत-विक्षत कर दिया है। तुम्हारा भी मान किसी दिन क्षत-विक्षत होगा सती!" उन्होंने उच्च स्वर में सबके सम्मुख मुझे श्राप दिया था।

अपने मायके से मेरी विदाई एक उच्चाटन की प्रक्रिया मात्र होकर रह गयी थी।

अपने आराध्य शिव...मेरे रुद्र को कई लोग भोले भण्डारी कहते हैं। सही है कि वह छल-कपट या किसी प्रकार के प्रपंच से सर्वथा दूर रहते हैं। परन्तु इसका यह अर्थ कतई नहीं है कि वह जीवन के मर्म को...अर्थ को नहीं समझते। उनके साहचर्य से मुझे यह मालूम पड़ गया था कि उनको मनोविज्ञान की भी गहरी परख थी। उन्होंने मेरे भीतर हिम की तरह जम गयी...घनीभूत पीड़ा को समझ लिया था।

जब एक दिन हम साथ बैठे वार्तालाप में व्यस्त थे, शिव तब बोल पड़े थे, "सती अपने मन को विचलित मत होने दो। यह रेशम की गाँठ की तरह है। इसे तुम्हें खोलना ही पड़ेगा। तुम्हें अपने भीतर की गुप्त व्यथा को व्यक्त करना ही पड़ेगा।"

"आप यह क्यों कह रहे हैं?"

"मुझे मालूम है सती कि तुम अपने पिता के व्यवहार से दुखी हुई थीं।"

इस पर मैंने उनसे कहा था, "आप मेरी चिन्ता न करें शिव! मैं अब स्वस्थ हूँ। मुझे भली-भाँति मालूम है कि जब समय विपरीत होता है तो हमारे अपने भी अपने नहीं रहते।"

मेरे हाथ को अपने हाथों में ले तब शिव ने मुझसे कहा था, "सती! समय का निर्णय भी परिवर्तित होता रहता है, और सत्य तो यह है कि हमारे विचार भी उनके संग बदलते रहते हैं।"

इस पर मैंने कहा था अपने शिव से, "मुझे केवल आप चाहिए थे। अब आप मिल गये हैं तो मैं हर प्रकार की पीड़ा से मुक्त हो गयी हूँ। अब आप इस बात पर विचार न करें कि सती को इसकी कामना क्यों है?"

इस पर शिव ने कहा था, "प्रजापति दक्ष बहुत हठी हैं सती! उनके घर का द्वार अब तुम्हारे लिए बन्द हो चुका है। सदा के लिए। मुझे पूरी तरह मालूम है कि हर व्यक्ति को सम्बन्धों में पड़ गयी गाँठ को सुलझाने का प्रयास अवश्य करना चाहिए। केवल गाँठ रहित धागे को ही मनुष्य सूई के आर-पार निकाल सकता है। यह कोई आसान कार्य नहीं है।"

तब मैंने उनसे कहा था, "मुझे कोई सन्देह नहीं है कि मेरे और आपके जीवन की कथा अब एक लम्बे समय तक चलने वाली है।"

शिव को भी शायद कुछ पूर्वाभास हो रहा था। उन्होंने कहा, "प्रतीक्षा के पल बहुत लम्बे भी होते हैं कभी-कभी सती! मनुष्य चाहकर भी समय से नहीं लड़ पाता।"

...मैंने कैलाश की पूरी सत्ता अपने हाथ में ले ली थी। शिव के गणों की मनमानी पर भी मैंने नियन्त्रण स्थापित कर दिया था। मेरी उपस्थिति मात्र से सब बहुत प्रसन्न थे। अपने मायके से मेरा सम्बन्ध अब पूरी तरह से कट गया था। मुझे जीवन के पतझड़ का रहस्य पूरी तरह समझ में आ गया था। मुझे पूरी तरह बोध हो गया था कि जीवन में जब पतझड़ आता है तो हमारे सम्बन्ध ही सर्वप्रथम इसमें मुरझाते हैं। शिवलोक में पहुँचकर मैंने एक असीम शान्ति का अनुभव भी किया था। कभी-कभी मुझे लगता था कि जीवन एक पुष्प की भाँति है—और इसमें उत्पन्न होने वाला प्रेम इसका मधु है।

कैलाश पर जिस आत्मीयता का वातावरण उपलब्ध था, वह प्रजापति दक्ष के यहाँ असीम वैभव के मध्य भी सम्भव नहीं था। मैं अपनी भावनाओं के प्रबल वेग के वशीभूत हो कभी-कभी उदास हो जाती थी। मुझे अपनी बहनों और माँ के संग बिताये क्षण याद आते थे। मुझे लगता था कि औरतों के पास अपनी बुद्धि नहीं होती। यही कारण उन्हें बहुत श्रेष्ठ भी बना देता है। वह जानती हैं अपने हर सम्बन्ध को हृदय से निभाना।

कैलाश में मुझ पर किसी प्रकार का बन्धन नहीं था। यदि मैं कहीं दूर निकल जाती तो नन्दी मेरी सुरक्षा के लिए हमेशा मेरे संग चलते थे। यह महादेव का आदेश था। उनका सामीप्य मेरे लिए सबसे मूल्यवान था। मेरी आत्मा और उनकी आत्मा अब पृथक् नहीं थी। सच तो यह है कि हम दोनों ही एक-दूसरे पर अन्योन्याश्रित हो चले थे। पतिगृह में मुझे एक नये प्रकार का सार मिला था। उसमें निहित ऊर्जा ने मेरे जीवन को एक नयी गति प्रदान कर मेरे भीतर विद्यमान शून्य को भर दिया था। पति और पत्नी का प्रेम पूरक होता है। पति दायित्व है और पत्नी एक सम्बल। मुझे मालूम था कि शिव अपने गृहस्थ जीवन में पूरी तरह रम गये थे।

एक दिन मैं शिव के वाम भाग में बैठने लगी।

"अभी तुम्हें यहाँ बैठने का अधिकार नहीं है।"

"क्यों नहीं है? अब तो मैं आपकी पत्नी हूँ।" मैंने कुछ रुष्ट स्वर में कहा।

"यहाँ पर बैठने से पहले तुम्हें मुझे तीन वचन देने होंगे।"

"ठीक है।"

"तुम मुझसे कभी झूठ नहीं बोलोगी।"

"ठीक है, मुझे स्वीकार्य है।"

"कभी मुझसे कुछ छुपाओगी नहीं।"

"इसको भी मैं अपनी स्वीकृति देती हूँ" फिर उनकी ओर देखते हुए मैंने पूछा, "और क्या है आपका तीसरा वचन?" इस पर वह बोले, "एक लिंग के रूप में मैं जीवन का आधार हूँ...मेरे इस स्वरूप की आराधना कर कई कुँवारी कन्याएँ अपने लिए एक योग्य एवं सुन्दर जीवनसाथी की कामना करती हैं।"

मैं उनके शब्दों के मर्म को समझने का प्रयास करने लगी। फिर उन्होंने कहा, "उनको तुम किसी ईर्ष्या भाव से मुक्त होकर अपना आशीर्वाद देते रहना।"

"मुझे यह भी स्वीकार है।" इस पर वह बोले, "आओ मेरी वामा...आज से यह आसन तुम्हारा।"

उनका चेहरा खुशी से चमकने लगा।

शिव और मेरे मध्य कभी-कभी बहुत गम्भीर चर्चाएँ भी होती रहती थीं।

''सती, धर्म में कोई दोष नहीं होता है। केवल मानव बुरा होता है, धर्म नहीं।''

''क्या आप प्रजापति दक्ष के सम्बन्ध में यह सब कह रहे हैं प्रिय?''

''नहीं!''

''फिर।''

''ये मेरे जीवन के चिन्तन से उत्पन्न अनुभव है।''

''मैं भी कुछ कहना चाहती हूँ!''

''कहो?''

''आप मुझे ध्यान से सुनेंगे?''

''सुनूँगा। हमेशा सुनता हूँ।''

''आपको प्राप्त कर मेरे भीतर दर्प की भावना उत्पन्न हो गयी है।''

''क्यों?''

''मैंने उसका प्रेम प्राप्त कर लिया है, जिसे प्रेम करने वाले कई हैं।''

शिव हँसने लगे।

''तुम्हारे शब्द मुझ अहंकारी बना देंगे सती!''

...सब कुछ ठीक चल रहा था। शिव की भार्या के रूप में मैं अत्यन्त प्रसन्न थी। मुझे प्रेम की विराटता का बोध पूरी तरह हो चुका था। कैलाश पर आकर ही मुझे पता चला था कि शिव कितने बड़े रसिक और प्रेमी थे।

एक दिन मैंने उनसे कहा, "शिव, आप छल-प्रपंच में सबसे बढ़-चढ़कर हैं।"

"कैसे सती?"

"आपका बाहरी रूप कुछ और है—और भीतरी कुछ।"

"मैं समझा नहीं सती?"

"आप हमेशा नाटक करते हैं।"

"सिद्ध करो।"

"बाहर से आप नीरस और परम वीतराग लगते हैं...आपने सारी दुनिया को भ्रमित कर रखा है।"

"तुम्हारा क्या विचार है?"

'आपसे बड़ा रसिया संसार में दूसरा नहीं!"

वह हँसने लगे। "चलो तुम्हारी बात को स्वीकार कर लेता हूँ प्रिये!"

"आप हार गये।"

"हाँ मैं हार गया, सती!"

मैंने उस क्षण निहारकर उनको देखा था।

"आप बहुत सरल हैं...भोले हैं," मैंने प्रेमपूर्ण स्वर में कहा।

वह कुछ देर मौन रहे। फिर बोले, "सती एक बात कहूँ?"

"आपको क्या आज्ञा लेने की आवश्कता है?"

"नहीं, मैं चाहता हूँ कि तुम मेरी किसी भी बात को सर्वप्रथम तर्क की कसौटी पर परखो।

"एक बात मैं भी आपसे कहना चाहती हूँ," मैंने उनकी ओर तीक्ष्ण दृष्टि से देखते हुए कहा।

"कहो।"

"आप उसे सुनकर किसी प्रकार की अवधारणा मत बना लीजिएगा।"

"ऐसा विचार कैसे आया तुम्हारे मन में सती!"

"बस ऐसे ही।"

"मुझसे अब किसी प्रकार का संकोच कैसा?"

"मैं आपको किसी प्रकार कुपित नहीं करना चाहती।"

"यह डर क्यों?"

"मुझे लगता है..." मैं मौन हो गयी थी।

वह बोले, "सती! अपने मन में अब कुछ भी न रखो।" वह रुककर, मेरी ओर देखने लगे। मुझे उस समय लगा कि उनसे सृष्टि का कोई भी रहस्य छुपा नहीं रह सकता था। "सती! याद है मैंने तुमसे कौन-से तीन वचन ले रखे हैं। और तुमने उनको स्वीकार भी किया था।"

इस पर मैंने कहा, "क्यों मुझे उनकी याद दिला रहे हैं इस समय?"

"मुझे लग रहा है कि तुम मुझसे कुछ कहना चाहती हो, पर कह नहीं पा रही हो संकोचवश।"

"आपने ठीक पहचाना।"

"सच कह रही हो?"

'शंका न करें।"

"अच्छा अब कहो, क्या कहना चाहती हो?"

"आप बहुत हठी हैं।"

"ऐसा तुम्हें लगता है।"

"मुझे कोई सन्देह नहीं अपने आकलन में," मैंने कहा।

"शायद तुम पूर्वाग्रह से ग्रस्त हो।"

"नहीं हूँ।"

"और कुछ?"

"आप बहुत शीघ्र कुपित हो जाते हैं।" इस पर वह हँसने लगे और मुझे बड़ी कोमल दृष्टि से निहारने लगे।

"अब आप क्यों हँस रहे हैं?"

"मै तुम्हारे आकलन पर हँस रहा हूँ।"

"क्या दोष है उसमें?" मैंने कृत्रिम आक्रोश से पूछा। फिर उनकी ओर देखते हुए मैंने परिहास किया, "शायद आपको हार को स्वीकार करने का कष्ट है?"

"मैंने स्वीकार तो कर ली थी अपनी हार।"

"आपको दुख है उसका?"

"नहीं है।"

"क्यों नहीं है?" कुछ क्षण के मौन के बाद मैंने पूछा। "क्या कोई पुरुष अपनी हार स्वीकार कर सकता है आपकी तरह?"

इस पर शिव बोले, "सती! दाम्पत्य जीवन कोई आसान कर्तव्य नहीं है विवाहित जीवन में।"

"क्या कहना चाहते हैं आप? मैं समझी नहीं शिव?"

इस पर शिव ने कहा, "पति-पत्नी के बीच जीत-हार का प्रश्न ही नहीं

उठता। मेरा मानना है कि उनके आपसी सौहार्द एवं प्रेम में निहित रहता है एक प्रकाण्ड एकात्मकता का भाव!"

"तो क्या एक पति कभी भी अपनी पत्नी की श्रेष्ठता को स्वीकार नहीं कर सकता?"

"कर सकता है। करना चाहिए।"

मैं बीच में बोल पड़ी, "लेकिन मुझे लगता है कि पुरुषों में अधिक अहंकार होता है।"

"यह तुम कैसे कह सकती हो?"

"पुरुष नारी को हमेशा एक दासी के रूप में देखना चाहता है।"

इस पर शिव ने कहा, "मेरी दृष्टि में स्त्री-पुरुष एक-दूसरे के सहयोगी के रूप में अधिक श्रेष्ठ जीवन की रचना कर सकते है।" एक संक्षिप्त मौन के बाद वह फिर कहने लगे, "हार और जीत केवल युद्ध में होते हैं। प्रेम को किसी रूप में भी युद्ध की संज्ञा नहीं दी जा सकती। प्रेम का सबसे व्यापक रूप विवाह की संस्था में ही विद्यमान है।"

उन क्षणों में मुझे लगा कि मैं अपने विवाह में सम्पूर्ण सार्थकता को प्राप्त कर लूँगी। मुझे शिव के उदात्त हृदय की झलक स्पष्ट रूप से मिल गयी थी। मैं यह भी समझ गयी थी कि शिव को प्रेम की श्रेष्ठता का पूर्ण ज्ञान था। भले ही वह पूरी तरह वीतराग थे, पर वह अपने वैवाहिक जीवन के कर्तव्य-पथ को अच्छी तरह समझते थे। विवाह के पूर्व अनेक ऐसे क्षण भी आये, जब मुझे उनका व्यवहार बिल्कुल समझ में नहीं आया था। लेकिन उन क्षणों की न जाने कौन-सी ऐसी शक्ति थी जो मुझे हर क्षण उनके प्रति आकर्षित करती रहती।

शिव की सरलता उनका आभूषण है। यह एक आदि सत्य है। इसका बोध हो जाने पर एक सच्चा शिवभक्त सारी दुविधाओं और सन्देहों से मुक्त हो जाता है। उसे जीवन को जीने की कला का बोध हो जाता है। शिव मुक्ति हैं। ऊर्जा हैं। पूर्ण ज्ञान हैं। एक शाश्वत सत्य हैं।

९

कैलाश में जीवन कठोर नहीं था। वहाँ जो रमणीयता विद्यमान थी, उसे सबको समझना सम्भव ही नहीं था। शिव के साहचर्य में मुझे जो अनुभूति होती थी, वह अपने में एक विराट अनुभव था। मैं शिव के मूलस्वरूप को पूरी तरह समझ चुकी थी। वह प्रेम के महत्त्व से अनभिज्ञ नहीं थे। परन्तु उनकी जीवन-प्रणाली इस प्रकार की थी कि सीमित दृष्टि से उसे समझा ही नहीं जा सकता था। शायद यही कारण था कि पिताश्री शिव के विरोध और आलोचक बन गये थे। दूसरों का विचार था कि मैं कैलाश की निर्जनता में केवल दुख ही प्राप्त करूँगी। उन्हें क्या पता था कि कैलाश में मुझे अपने जीवन का सर्वोत्तम प्राप्त हो जायेगा।

...शिव आदर्श पति एवं मेज़बान थे। उनके दर्शन के लिए बड़े-बड़े ऋषि, मुनि तथा अन्य कई लोग आते रहते थे। उनके भक्तों की संख्या विशाल थी। कई आगन्तुक अपनी पत्नियों के संग आते और कैलाशपति के दर्शन के संग उनके प्रेमपूर्ण आतिथ्य का भी आन्नद उठाते। उन सबकी देखभाल मेरे निरीक्षण में होती था। कैलाश के एकान्त में मिलने वाली शान्ति और रमणीयता उनके भीतर एक अमिट छाप छोड़ देती थी।

एक बार महर्षि दधीचि अपने परिवार के संग शिव के दर्शनार्थ कैलाश आये थे। उन्हें दधयान्च नाम से भी जाना जाता था। दधीचि के पिता अथर्व थे और माता चित्ति थीं। उनके पिता ने अथर्ववेद की रचना की थी। महर्षि दधीचि बहुत पवित्र आत्मा थे। उनकी धर्मपत्नी स्वारछा बहुत सरल स्वभाव की थी। उनका पुत्र पिप्पलाद भी बहुत मेधावी बालक था।

...स्वारछा की वाणी विनम्र एवं मधुर थी। मैं उसमें अपनी दीदी को देखने लगी थी। उसकी स्पष्टवादिता ने मुझे बहुत प्रभावित कर दिया था। हम दोनों के बीच एक निकटता पैदा हो गयी थी।

"सती! तुम्हें यहाँ का वातावरण और परिवेश कैसा लग रहा है?" स्वारछा ने मुझसे पूछा था।

"बहुत सरस एवं सुन्दर!" मैंने कहा।

"सच कह रही हो?"

"सन्देह का कारण?"

"मुझे लगता है कि तुम्हें यहाँ सुख-सुविधाओं का अभाव लगता होगा।"

"क्यों लगता होगा?" मैंने पूछा।

"विवाह के पूर्व तुम्हारा जीवन कितना भव्य और सुख-सुविधाओं से परिपूर्ण था। पर अब!"

"पर अब क्या?" मैंने पूछा।

"यहाँ तो वह सब वस्तुएँ उपलब्ध नहीं हैं।"

"लेकिन यहाँ जो कुछ अब उपलब्ध है, वह सब वहाँ नहीं प्राप्त था," मैंने किंचित उत्तेजित स्वर में कहा।

"लेकिन सती," स्वारछा ने कहा, "भौतिक जीवन की श्रेष्ठता भी तो अपने में महत्त्वपूर्ण है।"

इस पर मैंने कहा, "केवल उनके लिए जो भौतिकता में लिप्त रहते हैं।"

मेरे उत्तर से स्वारछा बहुत प्रसन्न हुई, फिर मेरे चेहरे को देखते हुए उन्होंने कहा "सती, मेरी बातों को अन्यथा मत लेना। मैं तो बस यूँ ही...!"

"मेरे मन को टटोल रही थी क्या?" वह हँसने लगी। तब उनको ग़ौर से देखते हुए मैंने पूछा, "क्या तुम्हें अभी भी मुझ पर शंका है?"

"नहीं।"

"फिर यह हँसी क्यों?"

"इसके पीछे एक रहस्य है।"

"रहस्य है! कैसा रहस्य?"

इस पर स्वारछा ने कहा, "मेरे पति तुम्हें बहुत सम्मान की दृष्टि से देखते हैं।"

"मुझे मालूम है।"

"तुम्हें इसका कारण मालूम है?"

"मुझे नहीं मालूम है। और तुम्हें?"

"है।"

"कैसे?"

"मेरे पति महर्षि दधीचि ने मुझे बताया है।"

"उन्होंने क्या कहा है तुमसे? मुझे भी बताओ।"

"बता दूँ क्या?"

"क्या महर्षि ने तुमसे मना किया है कि यदि ऐसी बात है तो मत बताओ।" मैं कुछ क्षणों के लिए मौन हो गयी। स्वारछा मेरी ओर देखने लगी। अन्त में उस मौन को भंग कर मैंने कहा, "मैं नहीं चाहती कि तुमको पति की आज्ञा को भंग करने का पाप लगे।"

इस पर स्वारछा ने कहा "सती! महर्षि ने मुझे इस विषय में कोई निर्देश नहीं दिया है।" फिर कुछ क्षण चुप रहने के बाद उसने कहा, "शायद उनकी इच्छा है कि मैं तुम्हें उनके विचारों से अवगत करा दूँ। सच तो यह है सती कि महर्षि एक ब्रह्म आत्मा हैं। उनकी दृष्टि से कुछ भी छुपा नहीं रह सकता।"

"मुझे मालूम है स्वारछा! जब कभी भी मुझे किसी प्रकार की शंका या दुविधा का अनुभव होता तो मैं स्वयं उनके पास जाकर उसका निराकण करवाती थी। मुझे मालूम है कि उनकी शिवभक्ति उनको अन्य सबसे अलग बनाती है।"

"मुझे मालूम है सती!"

"एक बात और भी है!"

"वह क्या?"

"शिव भी उन पर अत्यन्त कृपालु हैं!"

इस पर स्वारछा ने कहा, "मैं चाहती हूँ कि आने वाले समय में भी मेरे पति के ऊपर भगवान शिव की कृपा बनी रहे।"

"फिर भी बताओ कि महर्षि ने मेरे बारे में तुमसे क्या कहा है?"

"उनके अनुसार तुम्हारा और शिव का प्रेम युगों-युगों तक चर्चा का विषय रहेगा।" कुछ क्षणों के लिए एक मौन व्याप्त हो गया। "सती तुम्हारा जन्म ही शिव के लिए हुआ है!" स्वारछा ने स्नेह से कहा।

उन शब्दों ने मुझे असीम शान्ति दी।

"और कुछ विशेष स्वारछा?"

"तुम्हारे शिव के सम्पर्क में से सृष्टि का उद्धार सम्भव है।"

"सम्भव है से तुम्हारा क्या तात्पर्य है?" मैंने पूछा।

"महर्षि को इस सम्बन्ध में कुछ अड़चन दिखती है।"

"इसका क्या अर्थ है?"

इस पर स्वारछा ने कहा, "यह सम्बन्ध कोई आसानी से थोड़ी बना है।" वह चुप हो गयी और मेरी ओर देखने लगी। मैं भी चुप रही। "नारी का जीवन आसान नहीं होता सती! हर क्षण उसे अपने से अधिक दूसरों की भावनाओं का

ख़याल रखना पड़ता है। कई बार तो उसके प्रेम को भी दूसरे लोग नियन्त्रित करने का प्रयास करते हैं,'' स्वारछा ने कहा।

इस पर मैं बोली, ''साफ़-साफ़ कहो स्वारछा! क्या कहना चाहती हो? मुझे कुछ भी समझ में नहीं आ रहा है।''

अपने विचारों में खोयी हुई वह कहने लगी, ''महर्षि कह रहे थे कि नियति के खेल को समझना कोई आसान कार्य नहीं है। लेकिन उन्होंने अपने कथन का कोई स्पष्टीकरण नहीं किया। परन्तु जो कुछ भी मुझे समझ में आया, वह तुम्हारे भविष्य को लेकर चिन्ता कर रहे थे।''

इस पर मैंने स्वारछा से पूछ लिया, ''क्या महर्षि से कभी कुछ छिपाती हो?''

''नहीं सती! नहीं।'' एक पत्नी के लिए यह निन्दनीय है।''

''महर्षि की शिवभक्ति शिव को बहुत प्रिय है।''

''सती! मैं तुमसे कुछ कहना चाहती हूँ।''

''कहो।''

''तुम अपने पति की पूर्ण अनुगामिनी बनो।''

''मेरा जीवन उनको पूरी तरह समर्पित है,'' मैंने कहा।

''सती! मैं और भी कुछ पूछना चाहती हूँ?''

''पूछो।''

''शिव का औघड़...कपाली रूप तुम्हें भाता है क्या? तुम भयभीत तो नहीं होती?''

मैं हँसकर बोली, ''स्वारछा! क्या तुम सत्य को जानना चाहती हो?''

''जानना चाहती हूँ।''

''मेरी समझ के बारे में तुम्हारा क्या विचार है?'' स्वारछा कुछ क्षण मौन रही। फिर उसने अपने हाथ जोड़कर मुझे नमन किया और फिर श्रद्धापूर्ण शब्दों में बोली, ''हे देवी! आपके आदिशक्ति रूप का ज्ञान मुझे मेरे पति के द्वारा दिया गया है। आप आदिशक्ति हैं और आपके संयोग से ही शिव ने पूर्णता प्राप्त कर ली है। सच तो यह है कि इस चराचर की समस्त नारियाँ शक्तिरूपा हैं। मैं यह मानती हूँ कि इस सृष्टि का कोई भी नर अपनी भार्या के संयोग से ही अपने जीवन की अर्थवत्ता को प्राप्त करता है। शक्ति एवं शिव का संयोग ही सारे जग में विद्यमान संचारी भाव की उत्पत्ति करता है। इस चराचर की प्राणवानता को विस्तार देता है। प्रेम का परम भाव शक्ति एवं शिव के मिलन की प्रक्रिया है।'' फिर कुछ क्षण तक एक मौन व्याप्त रहा। मैंने स्वारछा की ओर एक प्रेमपूर्ण दृष्टि डाली। उसके नेत्रों में मुझे अपार श्रद्धा का भाव दिखा था। और फिर एक दीर्घ अन्तराल के पश्चात् उसने कहा, ''हे समस्त सृजन एवं ध्वंस, योग-क्षेम की

अधिष्ठात्री! संसार की सारी नारियाँ आपसे प्रेरित हो प्रेम के पूर्णस्वरूप को समझकर, प्रेमानन्द की प्राप्ति में मिलन एवं समागम के महत्त्व को समझने लगती हैं।"

भाव-विभोर हो मैंने उसका हाथ पकड़कर कहा, "तुमने प्रेम और नारी धर्म की बहुत सुन्दर व्याख्या की है स्वारछा! ईश्वर सदा तुम्हारे साथ रहे। तुम्हारी रक्षा करे।"

...मेरे शिव एक महान औघड़ और कपाली हैं। उनका यह रूप संसार की असारता को प्रदर्शित करता है। इसका मर्म अत्यन्त गूढ़ है। यह मानव को बोध कराता है अकिंचन मानव जीवन का। इन सब बातों के होते हुए भी मेरे आराध्य शिव पूर्ण ज्ञानी भी हैं।

...एक दिन शिव और मैं गम्भीर चर्चा में रत थे।

"सती, स्त्री को वामा का स्थान क्यों दिया जाता है?" उन्होंने सहसा मुझसे प्रश्न किया।

मैंने उत्तर दिया, "शायद अपने अहं के कारण पुरुष स्त्री से अपने को श्रेष्ठ समझता है। और इसी कारण वह उसे एक हीन स्थान प्रदान कर उसे हर समय यह बोध कराना चाहता है कि वह पुरुष से होड़ करने की ज़रा भी कामना न करे। उसे वामा बनाना एक संकेतात्मक प्रतीक है।"

इस पर शिव हँस पड़े। जब मैं उनकी ओर देखने लगती तो उन्होंने कहा, "सती, और कुछ कहना है तुम्हें?" फिर कुछ क्षण रुकने के पश्चात् उन्होंने कहा, "ज़रा अपनी दृष्टि को और व्यापक बनाओ।"

"क्या कमी है मेरी दृष्टि में?" मैंने रुष्ट स्वर में पूछा।

"मुझे लगता है कि नारी पूर्वाग्रह से ग्रस्त रहती है।"

मैं बोली, "यह पुरुषों पर ज़्यादा लागू होता है।"

"मेरा विचार से नारी में वस्तुपरकता का अभाव है।"

"इन सब विचारों से पुरुष नारी का शोषण करता रहता है।"

"मेरे विचार है कि पुरुष के जीवन का एक अनिवार्य सत्य नारी है। उसके सम्पूर्ण जीवन का संचालन वही करती है।"

"आप मुझे भ्रमित करने का प्रयास कर रहे हैं।"

"वो कैसे?"

"यह सब कहकर आप विषयान्तर कर रहे हैं। कितने चतुर हैं आप ध्यान बँटाने में!"

"मैंने कौन-सी चतुराई की है सती?"

"विषयान्तर कर।"

"कैसा विषयान्तर?"

"आप भूल गये वामा की स्थिति।"

"मेरे विचार से तो यह सर्वश्रेष्ठ स्थिति है नारी की।"

"कैसे?"

"वामा बनने पर वह सर्वश्रेष्ठ स्थान प्राप्त कर लेती है सती!"

"आप इसे सिद्ध नहीं कर सकते।"

"कर सकता हूँ।"

"करें।"

"तुमको वाम भाग का महत्त्व क्या मालूम नहीं?"

"आप ही बता दें।"

"हमारे जीवन को ऊर्जा वाम भाग ही प्रदान करता है।"

"कैसे सिद्ध करेंगे आप इसे?"

"इसे सिद्ध करने की आवश्यकता ही नहीं है?" कुछ क्षण चुप रहने के बाद वह बोले, "यह बात अपने आप सिद्ध हो जाती है।"

"कैसे सिद्ध हो जाती है? ज़रा बतायें तो।"

"शरीर में रक्त-प्रवाह पर विचार करो।"

"इससे क्या सिद्ध करना चाहते हैं आप?"

"बायीं ओर की रक्तवाहिनी धमनियाँ सारे शरीर में प्राणवायु संचारित कर हमारे जीवन का संचालन करती हैं। इससे यह सिद्ध होता है कि जब स्त्री वामा का स्थान प्राप्त कर लेती है तो वह जीवन को संचालित करने वाली ऊर्जा एवं प्राणवायु बन जाती है। उसके बिना जीवन की कल्पना करना भी अपराध होगा सती!"

मैं भीतर-ही-भीतर बहुत प्रसन्न हो गयी थी। कितनी सुन्दर व्याख्या की थी शिव ने। उन्होंने वामा के रूप में नारी को सर्वोत्तम रूप प्रदान कर दिया था। उन क्षणों में मेरा हृदय उल्लास से भर गया था। मुझे लगा कि उनके रूप में मैंने प्रेम के परम को प्राप्त कर लिया था। उन्होंने मुझे एक नयी दृष्टि प्रदान की थी। फिर भी मैंने यों ही कह दिया, "बात बनाना कोई आपसे सीखे। कितनी आसानी से आपने मुझे बहला लिया है।"

कौन समझ सकता है प्रेम की मूक अभिव्यक्ति को मेरे आराध्य शिव से अधिक? वह वीतराग अवश्य हैं पर भावनाशून्य नहीं। वह कभी भी प्रेम की वर्चस्वता को नकारते नहीं। वह उसका आदर करते हैं। उनकी वामा बनने के पश्चात् ही मुझे पूरी तरह बोध हुआ कि वह कितने भावुक प्रेमी हैं। विवाह के पूर्व वह ऐसा व्यवहार करते, जैसा कि सांसारिक प्रेम उनके लिए केवल एक बोझ

मात्र था। परन्तु उनसे पहली बार मिलते ही समझ में आ गया था कि उनको अपने जीवन में मेरे प्रवेश की प्रतीक्षा थी। वह जिस शून्य में जी रहे थे, उससे केवल मैं ही उनको बाहर ला सकती थी। ...कभी-कभी मैं उनके चरणों को दबाती एवं उनकी लम्बी-लम्बी जटाओं को व्यवस्थित भी करती थी।

"अब मुझे समझ में आ गया है कि आपको धूर्जटि क्यों कहा जाता है?"

इस पर वह हँसकर बोले, "सती, मुझसे तो नहीं सँभाली जाती हैं ये भारी-भारी जटाएँ। अब तुम इनको सँभाल सकती हो तो सँभाल लो! मैं तुम्हें इनके ऊपर पूर्ण अधिकार देता हूँ।"

मैंने भी परिहास करते हुए कहा, "कौन लेगा इन विशाल जटाओं की ज़िम्मेदारी! यह तो एक विशाल एवं अज्ञात वन प्रदेश की तरह हैं।" मैं कुछ क्षणों के लिए रुकी तो वह मुस्काकर मेरी ओर देखने लगे। "न जाने कितने रहस्य इसमें छुपे हैं!"

10

मेरे साथ ने शिव को सहज बना दिया था। उनके अस्त-व्यस्त बाह्य रूप के पीछे जो व्यक्तित्व छिपा है, वह अत्यन्त गूढ़, अगम्य और अगोचर है। उस व्यक्तित्व की विराटता का बोध प्राप्त करने के लिए तपस्या का विधान है। शिव एक गुणातीत सत्य हैं। उनकी भौतिकता में एक नये सामाजिक एवं आध्यात्मिक विचारधारा तथा जीवन-प्रणाली का समावेश मिलता है। शिवत्व की प्राप्ति मनुष्य के जीवन में, चेतना में एक अपूर्व विस्तार का सृजन करता है। कैलाश के शान्त वातावरण में जो नैसर्गिक सौंदर्य विद्यमान था, उसे मैं शब्दों में व्यक्त नहीं कर सकती।

अपने पिताश्री के गृह में भी मेरे जीवन में आनन्द की कमी नहीं थी। दासियों से घिरी मैं सबकी प्रेम पात्र थी। मेरी हर इच्छा और माँग को पूरी किया जाता था। मेरी माँ और बहनों का असीम प्रेम भी मुझे प्राप्त था। पिताश्री भी मेरी माँग को एक आदेश मानते थे। फिर भी न जाने क्यों भीतर-ही-भीतर मैं एक अज्ञात विकलता का अनुभव करती रहती थी। सत्य तो यह है कि भीड़ के मध्य में भी मनुष्य अकेलेपन के भाव से ग्रस्त हो सकता है। इसके विपरीत कभी-कभी एक ही व्यक्ति के साहचर्य में उसे भीड़ के मध्य में होने का अहसास हो सकता है।

शिव हमेशा मुझे प्रसन्न रखने का प्रयास करते। उनके सारे गणों की मैं अब माता थी। वह मुझसे कुछ भी माँगने में संकोच न करते। कैलाश में बाहर से दिखने वाली वह शान्ति भी केवल एक छलावा मात्र थी। वह निर्जन दिखने वाला प्रदेश भी एक कोलाहल से भरा हुआ था। कैलाश को एक विशिष्ट नगर कहना कतई अनुचित न होगा।

शिव की उपस्थिति कैलाश की गरिमा थी। वहाँ रहते हुए मुझे कुछ ही समय हुआ होगा कि मैं अपने अतीत के ठाठ-बाठ और राजसी वैभव को भूल

गयी थी। मेरी इस विस्मृति का कारण मुझे पूरी तरह समझ में आ गया। शिव से प्राप्त होने वाले अगाध और निश्छल प्रेम ने मुझे अभिभूत कर दिया था। मैंने पूरी तरह उस प्रेम-प्रवाह में अपने को बहने दिया था। उनके प्रणय-निवेदन की गरिमा मेरे भीतर की नारी को पूर्ण समर्पण के लिए विवश कर देती थी। प्रेम के उन मादक क्षणों में, उन विशाल एवं बलवान बाँहों की जकड़ में मैं एक अनोखी सुरक्षा का अनुभव करती थी। उनके इस सुरक्षा-चक्र का अनुभव मैंने प्रथम बार तब किया था, जब शिव ने वृत्रासुर से मेरी रक्षा की थी।

"सती, क्या तुम्हें अपने मायके की याद आती है?" एक बार शिव ने मुझसे अचानक पूछ लिया था।

"क्यों जानना चाहते हैं आप यह?"

"बस जिज्ञासा है।"

"आपका कोई प्रश्न निरर्थक नहीं होता है।"

"फिर भी मैं चाहता हूँ कि तुम अपनी भावना को सच्चाई से व्यक्त करो।"

"आपको बुरा लगेगा।"

"नहीं लगेगा।"

मैंने कहा, "कोई भी नारी अपने मायके में बिताये जीवन को नहीं भुला सकती।"

"क्यों?"

"इस 'क्यों' का उत्तर आसान नहीं है।"

"फिर भी तुम प्रयास तो कर सकती हो!'

"बचपन की यादें बहुत प्रबल होती हैं।"

"क्या उनकी विस्मृति इतनी कठिन है?"

"कठिन तो अवश्य है।" कुछ क्षणों के लिए मौन हो मैं उनकी ओर देखने लगी। फिर किंचित जिज्ञासा से मैंने पूछा," इस समय आप यह सब क्यों जानना चाहते हैं शिव?"

"विगत से जुड़ना कभी-कभी बड़ा कष्टदायी भी हो सकता है, सती!" शिव ने गम्भीर स्वर में कहा।

"क्या कहना चाहते हैं आप?"

"हमारे जीवन का घटना-चक्र समय निर्धारित करता है!"

इस पर एक मन्दस्मित के संग मैंने परिहास किया, "पता नहीं क्यों सब आपके लिए 'भोले' शब्द का प्रयोग करते हैं? मेरे विचार से तो आपका चरित्र काफ़ी जटिल है; और आपके कथन भी काफ़ी कठिन होते हैं। आपके क्रियाकलाप साधारण बुद्धि के परे हैं।"

इस पर उन्होंने केवल इतना कहा, "अब तुम्हारे बिना तुम्हारा यह शिव किसी प्रकार के जीवन की कल्पना भी नहीं कर सकता।"

"आपको इतना भावुक होने की आवश्यकता नहीं है शिव! यह सती आपको छोड़कर कहीं नहीं जायेगी।"

"और अगर चली गयी तो?"

"यह कैसा भय और सन्देह उत्पन्न हो रहा है आपके मन में शिव?"

"सन्देह और सम्भावनाएँ इस जीवन का अभिन्न अंग हैं सती!"

"सन्देह से ऊपर उठना हमें गौरव प्रदान करता है," मैंने कुछ क्षण सोचकर कहा।

"सती, मैं तुमसे और भी कुछ कहना चाहता हूँ।"

"कहिए?"

"प्रारब्ध अत्यन्त बलवान होता है!"

"मैं कर्म में विश्वास करती हूँ शिव!"

"सिद्ध कर सकती हो कि कर्म और प्रारब्ध में कौन अधिक बलवान है?"

"यह बहुत सरल है।"

"सिद्ध करो!"

"ठीक है। करती हूँ स्वयं अपने उदाहरण से।"

"मैं उत्सुक हूँ तुम्हारे तर्क को सुनने के लिए।"

मैंने अत्यन्त आत्मविश्वास से कहा, "मेरे पिताश्री, प्रजापति दक्ष, ने कितना विरोध किया था आपके और मेरे विवाह का।" फिर कुछ क्षण मौन रहने के बाद मैंने फिर उलाहना देते हुए कहा, "और क्यों भूल रहे हैं कि आप भी मुझसे कितना भागने का प्रयत्न करते रहे हैं!" मैं फिर कुछ क्षणों के लिए चुप हो शिव की ओर देखने लगी। वह एकदम शान्त और निर्विकार लग रहे थे। "आख़िर अपनी कर्मशीलता के कारण ही तो मैं आपको प्राप्त करने में सफल रही।

शिव उस समय पूर्णरूपेण गम्भीर थे जब उन्होंने कहा, "तुम ठीक कह रही हो सती! शायद यह सम्बन्ध तुम्हारे प्रयास का ही परिणाम है। लेकिन..."

"लेकिन क्या शिव?"

"शायद नियति और प्रारब्ध की यही योजना थी!"

इस पर मैंने कहा, "शिव! आप हमेशा मेरे कथन को अपने तर्क से काटने का प्रयास करते हैं।"

तब शिव ने हँसते हुए कहा था, "चलो, अब इस विषय को हम यहीं छोड़ देते हैं। क्या लाभ है इस संघर्ष का? जो कुछ भी हुआ ठीक है, और जो कुछ हो रहा है और होने वाला है, वह भी ठीक है।"

इसके पहले मैं कुछ और कहती, शिव ने मुझे अपने बाहुपाश में ले लिया था। ...एक दिन नारद कैलाश में आये थे। वह शिव से एकान्त में वार्तालाप के इच्छुक थे। मैं वहाँ से हट गयी थी। फिर भी प्रबल जिज्ञासा के वशीभूत हो मैं उन दोनों का वार्तालाप सुनने लगी थी।

नारद ने शिव की ओर देखते हुए पूछा, ''अब किस बात का विलम्ब है। क्या आप महाअसुर से देवताओं को नहीं बचाना चाहते हैं?''

इस पर शिव ने कहा, ''बचाना चाहता हूँ नारद! पर अभी काल की गति को मैं समझ नहीं पा रहा हूँ!''

इस पर नारद ने कहा, ''प्रभु! सारे चराचर की गति, व्यवहार और चरित्र का निर्धारण आपके द्वारा होता है...फिर अब तो आप गृहस्थ आश्रम में भी प्रवेश कर चुके हैं...अब कैसा विलम्ब?''

तब शिव ने गम्भीर स्वर में कहा, ''नारद! तुम ठीक कहते हो। सम्पूर्ण सृष्टि का संचालन मेरे हाथ में है; परन्तु मैं स्वयं अपने बनाये नियमों के अधीन हूँ...उनसे मुक्त नहीं हूँ...उनको तोड़ नहीं सकता।'' एक संक्षिप्त मौन के पश्चात् उन्होंने फिर कहा, ''अभी देवताओं को और प्रतीक्षा करनी होगी।''

मैंने देखा कि नारद उदास हो वहाँ से चले गये थे।

...मैं शिव से नारद के बारे में पूछने की सोच ही रही थी कि सहसा मुझे विचार आया कि मैंने उन दोनों के मध्य का वार्तालाप छिपकर सुना था। अपनी इस स्थिति पर विचार कर मैं चुप रही। मुझे लगा कि सब कुछ समझते हुए भी शिव अनभिज्ञता का प्रदर्शन कर रहे थे। फिर मुझे इस बात का विस्मरण हो गया था।

कैलाश के उस रमणीक परिवेश में मैं पूरी तरह एक आदर्श गृहिणी बन चुकी थी। मेरे चारों ओर का वातावरण उल्लासमय था। अपने दायित्व को पूरा करने में मैं इतनी लीन हो गयी थी कि मुझे अन्य बात का बोध न रहा था। शिव मुझे बहुत प्रेम करते थे, लेकिन फिर भी पता नहीं क्यों मुझे उनके व्यवहार में तटस्थता सी दिखती थी।

फिर एक दिन मैंने उनसे कह ही दिया, ''शिव! मुझे लगता है कि अभी आप मुझे पूरी तरह से अपना नहीं सके हैं।''

''ऐसा विचार तुम्हारे मन में क्यों आ रहा है सती?''

''बस यूँ ही मन में विचार आ गया।'' मैं चुप होकर उनको निहारने लगी। वह भी मुझे देखने लगे। ''न जाने मुझे क्यों किसी अनहोनी का पूर्वाभास हो रहा है। आप भी मुझे कुछ अन्यमनस्क से लग रहे हैं।''

इस पर वह हँसकर बोले थे, ''सती! अपने मन को इधर-उधर मत भटकने दो। सब कुछ ठीक चल रहा है। तुमने मेरे जीवन की सम्पूर्ण नीरसता को समाप्त कर दिया है। देखो न, मैं अब कितना बड़ा गृहस्थ बन गया हूँ। शायद मुझे इतने विकट मोह से बचना चाहिए!''

इस प्रकार बात आयी-गयी हो गयी थी।

...दिन तेज़ी से बीतने लगे थे। हम एक परम उत्तम वैवाहिक जीवन जी रहे थे...शिव और मैं...माधुर्य से ओत-प्रोत। पर शायद विधि की कोई और योजना थी।

11

एक दिन कैलाश में भ्रमण करते हुए मैं कुछ दूर निकल गयी थी। चारों ओर भाँति-भाँति के पुष्पों की सुगन्ध वातावरण को और मनोहारी बना रही थी। आकाश पूरी तरह मेघरहित था। दूर-दूर तक सब कुछ स्पष्ट दिख रहा था। तभी मैंने देखा कि कई देवगण अपने-अपने वाहनों पर सवार हो कहीं जा रहे थे। कुछ गन्धर्व, यक्ष, ऋषि-मुनि भी उसी दिशा की ओर जा रहे थे। मैं आश्चर्य से वह दृश्य देख रही थी।

मैं आश्चर्यचकित थी कि वह सब क्यों एक ही दिशा की ओर जा रहे थे। मैं उसका कारण जानने के लिए बहुत उत्सुक हो गयी थी। मैं अपने विचारों में खोयी हुई थी, उसी समय नन्दी वहाँ मुझे खोजते-खोजते पहुँच गया था। वह भी मेरी तरह आश्चर्यचकित-सा लग रहा था।

"नन्दी! यह इतने सारे लोग एक ही दिशा में क्यों जा रहे हैं? तुम्हें मालूम है कुछ?" मैंने नन्दी से पूछा।

"नहीं माते, मुझे इसकी कोई सूचना नहीं है," नन्दी ने कहा।

"मुझे लग रहा है शायद ये सब किसी समारोह में सम्मिलित होने जा रहे हैं।"

"मुझे आपका अनुमान ठीक लग रहा है माते!"

"ज़रा किसी से पूछकर तो आओ क्या बात है," मैंने नन्दी से कहा, "हाँ, सम्भव हो तो किसी को अपने संग यहाँ ले आना। मैं उससे स्वयं प्रश्न करूँगी।"

नन्दी पता लगाने चला गया। मुझे अधिक प्रतीक्षा नहीं करनी पड़ी। नन्दी शीघ्र एक ऋषि को लेकर मेरे पास आ गया था।

"ऋषिवर प्रणाम!" मैंने कहा।

"प्रणाम माते!" वह शायद मुझे पहचानते थे। "क्या आज्ञा है मुझे माते?"

"आप सब लोग इतनी बड़ी संख्या में कहाँ जा रहे हैं?"

"अरे, आपको नहीं मालूम?"

"नहीं...कोई विशेष बात?"

"हाँ, है।"

"हम सब आपके पिता प्रजापति दक्ष के भवन की ओर जा रहे हैं।"

"क्यों? कोई विशेष कारण?"

"दक्षराज ने एक विराट यज्ञ का आयोजन किया है। हम सब उनके निमन्त्रण पर वहाँ जा रहे हैं। क्या आप और शिव भी वहाँ जायेंगे?"

मैं मौन रही। वह ऋषि हैरानी से मेरी ओर देखने लगे थे। फिर वह मेरी आज्ञा लेकर वहाँ से चले गये थे।

मैं मन-ही-मन विचलित हो गयी थी। मुझे समझ में नहीं आ रहा था कि मैं शिव को इसकी सूचना किस प्रकार दूँगी। आख़िर एक लम्बे मानसिक संघर्ष के बाद मैंने सोचा कि इतनी बड़ी बात से मैं अपने आराध्य को किसी प्रकार से अनभिज्ञ नहीं रख सकती। मैं उनकी भार्या थी और उनके सम्मान की रक्षा करना मेरा धर्म था!

"शिव आपने कुछ सुना?"

"क्या बात है सती?"

"आपको दुख पहुँचेगा!"

"तुम एक बार स्वयं परखकर देख लो।" फिर वह कुछ क्षण रुककर बोले, "मुझे किसी बात से कष्ट नहीं पहुँचता है। मैं मानवीय सम्बन्धों से परे हूँ सती!"

"मेरे पिताश्री, प्रजापति दक्ष ने एक बहुत बड़े यज्ञ का आयोजन किया है," मैंने कहा।

"यह तो बड़े हर्ष की बात है, सती! भगवान उनको उसका सम्पूर्ण फल दे।"

"उन्होंने हमको निमन्त्रण नहीं दिया है।"

"ठीक तो है! यह उनकी अपनी इच्छा है। फिर कुछ क्षण रुक उन्होंने विनोदपूर्ण स्वर में कहा, "मैंने भी तो उनकी पुत्री से उनकी इच्छा के विरुद्ध विवाह किया था। कितना दुख पहुँचा होगा उनको तब!"

"आपको किसी प्रकार का अपमान नहीं लग रहा है?"

"लेशमात्र भी नहीं!"

"आप बहुत उदार है!" मैंने व्यंग्य किया।"

"छोटी-छोटी बातों में आक्रोश उचित नहीं, सती!"

फिर कुछ सोचकर मैंने कहा, "शायद वह हमें अपनी व्यस्तता के कारण नियन्त्रण भेजना भूल गये?"

"हो सकता है," शिव ने संक्षिप्त-सा उत्तर दिया।

"क्या हमें भी वहाँ पहुँचना चाहिए?"

"बिना निमन्त्रण के?"

"आख़िर मैं उनकी पुत्री हूँ और आप उनके दामाद!"

"तुम क्या कहना चाहती हो सती?"

"मुझे पूरा विश्वास है कि पिताश्री हमें देखकर बहुत प्रसन्न होंगे। वह मुझसे बहुत प्रेम करते हैं। मुझे देखते ही उनका प्रेम जाग जायेगा और वह मुझे क्षमा भी कर देंगे।"

इस पर शिव ने कहा, "सती! आत्मसम्मान की भावना की रक्षा आवश्यक है। इसे सम्बन्धों एवं भावनाओं से ऊपर रखना ही बुद्धिमानी है।" फिर कुछ क्षणों के मौन के बाद उन्होंने कहा, "किसी प्रकार के भ्रम में रहना घातक होगा सती! एक बात और है। वह यह है कि प्रजापति दक्ष कभी कुछ नहीं भूलते। मेरे विचार से हमें निमन्त्रण न भेजकर वह अपने तथाकथित अपमान का बदला ले रहे हैं।"

इस पर मैंने कहा, "फिर भी हमें वहाँ जाना चाहिए!"

"नहीं जाना चाहिए।" शिव का विरोध और मुखर हो गया था।

"तो फिर मुझे जाने दें।"

"तुम भी न जाओ।"

"क्यों?"

"तुम्हें हानि पहँचेगी।"

"मैं जाऊँगी।"

"मेरी आज्ञा के बिना?"

"आपकी आज्ञा के बिना! पिता से कैसा मान और दर्प!"

शिव के ललाट पर चिन्ता की रेखाएँ उभर आयी थीं। वह बहुत दुखी लग रहे थे। "यह कैसा संकट है?" उन्होंने स्वयं से बहुत मन्द स्वर में कहा।

मैंने उनकी जटा का स्पर्श कर कहा, "चिन्ता न करें, मैं सुरक्षित वापस आऊँगी।"

उनका स्वर बहुत शिथिल था जब वह बोले, "जैसी विधि की इच्छा और योजना!" कुछ क्षण वह पूरी तरह मौन रहे। उनके चेहरे पर कई भाव आ-जा रहे थे। अन्त में उस अन्तराल को समाप्त कर वह बोले, "ठीक है सती! जाओ, नन्दी को भी तुम अपने संग ले जाओ।"

...नन्दी और मैं वहाँ पहुँच गये थे। अत्यन्त विराट आयोजन। सारे ऋषि-मुनि, देव-गण, गन्धर्व एवं यक्ष वहाँ उपस्थित थे। प्रजापति दक्ष के राजभवन का

सौन्दर्य उस समय अत्यन्त भव्य और सजावट के कारण कई गुना बढ़ गया था। परन्तु मुझे लगा था कि शिव की अनुपस्थिति में उस स्थान की गरिमा सम्पूर्ण वैभव के मध्य में भी सारहीन लग रही थी।

"प्रणाम पिताश्री!"

प्रजापति दक्ष ने केवल अपना शीश हिला दिया था।

"सती! पहले तुम भीतर चलकर विश्राम कर लो," माँ ने भी कुछ रूखे स्वर में मुझसे कहा, फिर नन्दी की ओर देखते हुए उन्होंने कहा, "चलो नन्दी! कोई सेवक तुम्हारे रुकने की व्यवस्था कर देगा। वैसे भी तुम्हें इतने विशाल भवन में ठहरने की आदत कहाँ है!"

मैं कुछ कहती इसके पहले नन्दी ने कहा, "ठीक है महारानी! जैसी आपकी आज्ञा।"

मेरी सारी बहनें भी मुझसे अन्यमनस्क भाव से औपचारिकता मात्र निभा रही थीं। उन क्षणों में मुझे पूरी तरह बोध हो गया था कि शिव के सुझाव की अवहेलना कर मैंने ठीक नहीं किया था। अब मैं एक अपराध-बोध से ग्रस्त हो गयी। बार-बार मेरा मन कर रहा था कि मैं वापस शिव के पास चली जाऊँ। मेरा मन एक अज्ञात आशंका से घिर गया था। मुझे किसी आने वाले अनिष्ट का बोध हो चुका था।

...जिस दिन यज्ञ प्रारम्भ हुआ, उस दिन मैं पिताजी से कहे बिना न रह सकी कि उन्होंने अपने जमाता का अपमान कर ठीक नहीं किया था।

"पिताश्री! आपने अपने जमाता, चराचर के स्वामी शिव को निमन्त्रण न भेजकर अनुचित कार्य किया है।"

मेरे शब्दों से कुपित हो पिताश्री ने एक कठोर दृष्टि मुझ पर डालते हुए कहा, "तुम्हें भी यहाँ नहीं आना चाहिए था। तुम्हारे आने से मेरा आपमान हुआ है। और यहाँ मेरे भवन में तुम सबके समक्ष मेरा अपमान करने की धृष्टता कर रही हो! तुम्हारी बुद्धि हीन हो चुकी है। तुम्हारे भीतर का विवेक समाप्त हो चुका है।" कुछ पल रुककर वह यज्ञशाला में उपस्थित सब गण्यमान्य व्यक्तियों का अवलोकन करने लगे। वहाँ एक गहरा मौन व्याप्त हो गया था। फिर और कठोर विषाक्त शब्द का प्रयोग करते हुए वह बोले, "सती! तुम अत्यन्त मन्द बुद्धि निकली। तुमने ये कैसे मान लिया कि मैं उस धूर्त, कदाचारी, कपाली, औघड़ को यहाँ निमन्त्रित कर, इस यज्ञ की शुचिता और गरिमा को नष्ट कर दूँगा।"

अत्यन्त दुखी स्वर में मैंने कहा, "पिताश्री! आप अपनी वाणी पर संयम रखें।" फिर मैं वहाँ उपस्थित ऋषि-मुनियों और सारे श्रेष्ठजनों को प्रणाम कर

बोली, ''मेरे पिताश्री की बुद्धि भ्रष्ट हो गयी है। उनका उचित-अनुचित का बोध पूरी तरह नष्ट हो चुका है। अब आप ही निर्णय करें कि क्या कोई यज्ञ शिव के बिना सम्पन्न हो सकता है?''

इस पर पिताश्री और कुपित हो गये। वे बोले, ''मुझे दुख है कि मैं एक ऐसी पुत्री का पिता हूँ जो बुद्धिभ्रष्ट, पथभ्रष्ट होकर एक ऐसे व्यक्ति के संग रह रही है जिसके नाम लेने मात्र से घृणा का भाव उत्पन्न होता है। जितना हीन वह है, उतना ही हीन उसका सम्पूर्ण आचरण है। उसे प्रबुद्ध और शिष्ट समाज में स्थान देकर हम सारे समाज को पतन के गर्त में धकेल देंगे।''

वहाँ पर उपस्थित कुछ ऋषि-मुनियों तथा देवाताओं ने भी पिताश्री को शान्त करने का प्रयास कर उनके विवेक को जाग्रत करने की हर सम्भव चेष्टा की। उनके सारे शब्द केवल अहंकारी प्रजापति दक्ष के आन्तरिक अन्धकार में विलुप्त हो गये। वहाँ उपस्थित कई विज्ञ आने वाले विनाश की आशंका से ग्रस्त हो गये थे। यज्ञशाला का वातावरण श्मशान में बदलता-सा लग रहा था।

''अरे मूर्ख! यह क्या कह रहा है तू?'' पितामह ब्रह्मा ने उच्च स्वर में अपने पुत्र प्रजापति दक्ष को डाँटते हुए कहा था।

''अरे! आप भूल गये किस प्रकार उस क्रूर और दिशाहीन शिव ने आपका सिर काट लिया था ब्रह्मदेव!'' दक्षराज ने अपने पिता ब्रह्मदेव से तीखे स्वर में कहा।

इस पर पितामह बोले, ''दक्ष! तू वास्तव में मूर्ख है। तुझे मेरे शीश के कटने का रहस्य कभी भी समझ में नहीं आ सकता है। अब मौन हो जा और आने वाले विनाश को रोक ले।'' फिर मेरी ओर प्रेम से देखते हुए पितामह ने अत्यन्त कोमल स्वर में कहा, ''सती, मेरी पौत्री, तू अपने इस अविवेकी पिता को क्षमा कर दे।''

पितामह के तीखे शब्दों ने प्रजापति के क्रोध को और भड़का दिया और वह सारे शिष्टाचार को पूरी तरह भूल चुके थे।

''पिताश्री! बहुत हो चुका। अब एक शब्द आगे न बोलें। मैं अपने आराध्य शिव के बारे में ऐसे दुर्वचन अब अधिक न सह सकूँगी।'' उनकी बुद्धि पर अज्ञान का आवरण पड़ चुका था। मेरी चेतावनी को अनसुनी कर वे अट्टहास करने लगे। उन क्षणों में मैंने उनके चेहरे पर एक भयानक विद्रूपता देखी थी। मुझे घृणा हो गयी उस शरीर से जिसके वह जनक थे। मुझे लगा कि बिना उसको नाश किये मैं कभी भी अपने आराध्य शिव को प्राप्त नहीं कर पाऊँगी।

अब मेरे भीतर एक नये संकल्प का उदय हो चुका था। मैंने एक दीर्घ, विकट हुंकार भरी। उसने सबको भयभीत कर दिया था। दक्ष की यज्ञशाला,

भवन और सम्पूर्ण धरती हिलने लगी थी। ऐसा प्रतीत हुआ कि तीनों लोकों में मेरी हुंकार की प्रतिध्वनि फैल गयी थी।

मैंने गरजकर कहा, "मन्दबुद्धि दक्ष! तू किसी विराट शक्ति की गरिमा के समझने के लिए पूर्णरूपेण अक्षम है। तू झूठे अंहकार के वशीभूत हो अपने आपको पूरी सृष्टि का संचालक समझने लगा है। अरे मूर्ख, तुझमें यह क्षमता कभी रही ही नहीं कि तू उस चराचर के स्वामी के माहात्म्य को समझ सके। किसी भी प्रकार से तू प्रजापति कहलाने की योग्यता नहीं रखता। अपने झूठे अहम में लिपटा तू एक क्षुद्र प्राणी हैं।"

क्रोध में उन्मत्त हो मैं आग्नेय नेत्रों से दक्ष को देखने लगीं। फिर मैंने कहा, "महामूर्ख दक्ष! तू मेरे मूलस्वरूप को समझ भी न सका। न ही तू यह समझ सका कि मैं शिव की चिरन्तन सहचरी हूँ। हम अन्योन्याश्रित हैं।" फिर कुछ क्षण मौन रहने के पश्चात् मैंने कहा, "तेरे द्वारा निर्मित...प्राप्त मेरी यह देह अब अपवित्र हो चुकी है। इसे लेकर मैं पुनः अपने आराध्य के समक्ष नहीं जा सकती। अतः मैं अब स्वयं इसे नष्ट कर रही हूँ।"

...फिर मैंने स्वयं अपने योग से अग्नि की ज्वाला उत्पन्न कर अपने को उसमें समर्पित कर दिया। मैं उसमें धू-धू कर जलने लगी। अपनी मृत्यु से पहले मुझे सुनाई दे रहा था देवताओं, ऋषि-मुनियों तथा अन्य लोगों का आर्तनाद।

पितामह ब्रह्मदेव का स्वर मेरे कानों में पड़ा था, "मूर्ख, अज्ञानी दक्ष! तू प्रजापति होने की योग्यता नहीं रखता। तुझे इस बात का बोध ही नहीं है कि तूने विश्व का कितना अहित कर दिया है।

धीरे-धीरे एक शीतलता और शन्ति मेरे भीतर व्याप्त हो गयी थी।

उपसंहार

सती के आत्मदाह का पता चलते ही शिव ने अपनी प्रतिकृति वीरभद्र को दक्ष का संहार करने भेज दिया था। प्रजापति दक्ष ने अपनी रक्षा के लिए हर सम्भव प्रयास किया। हर किसी से गुहार से गुहार लगाई। पर किसी में इतना साहस और शक्ति नहीं थी कि वीरभद्र से उसकी रक्षा कर सके। ...वीरभद्र ने दक्ष का यज्ञ नष्ट कर दिया। फिर उसने उसके अहंकारी मस्तक को काट फेंका था। चारों तरफ़ 'त्राहिमाम...त्राहिमाम' के स्वर से वातावरण गूँज गया था। किसी को कुछ समझ में नहीं आ रहा था। वहाँ उपस्थित सारा जनसमूह विनाश की आशंका से ग्रस्त हो गया। दक्ष की पत्नी और पुत्रियों के करुण क्रन्दन ने सबका हृदय द्रवित कर दिया था। दक्ष की भार्या प्रसूति का विलाप दुख और निराशा की पराकाष्ठा का संकेत दे रहा था।

वीरभद्र की हुंकार एवं गर्जना से सब व्याकुल हो रहे थे। सम्पूर्ण यज्ञशाला एवं राजभवन एक विराट श्मशान में बदल से गये। फिर सब देवगण, ऋषि-मुनि शिव से दक्ष प्रजापति को जीवित करने की प्रार्थना करने लगे, "प्रभु, हमारी आपसे प्रार्थना है कि आप प्रजापति दक्ष को पुनः जीवित कर दें। इस सृष्टि के नियमित संचालन के लिए दक्ष की उपस्थिति अनिवार्य है। फिर अन्तिम क्षणों में मृत्यु के पूर्व उसने आपसे क्षमा-याचना भी तो की थी। भगवान! आपके हाथों से मृत्यु प्राप्त कर वह पापरहित हो सब अपराधों से मुक्त हो गया है," सबने समवेत स्वर में कहा।

उन सबके अनुरोध पर शिव ने दक्ष के शरीर में अज यानी बकरे का सिर जोड़कर उसे पुनः जीवित कर दिया।

"अब सारे संसार को असुर ताड़कासुर से अपनी रक्षा के लिए दीर्घ काल तक प्रतीक्षा करनी पड़ेगी"। विष्णु ने सबकी ओर देखते हुए कहा।

दक्ष ने उस नये शीश के संग शिव से क्षमा माँगी।

सती के मृत शरीर को अपने कन्धे पर लाद शिव चुपचाप वहाँ से चल दिये थे।

उन क्षणों में ऐसा लग रहा था, जैसे सारी सृष्टि ठहर गयी थी। एक विराट मौन ने सब कुछ अपने गर्भ में निगल लिया था...

❑❑